敬斋

当代古典体诗词丛刊

春牛吟咏集

李进才 著

岳麓书社·长沙

序一

江汉大学校长李进才教授寄来厚厚一叠诗词稿，足足有四百余首，分量可真不轻啊！

他自一九六二年武汉大学中文系毕业后，曾当过几年大学教师，但从二十世纪六十年代末开始，即担负高教部门和高校的行政领导工作。由教育部高教一司副司长到武汉大学副校长，再到江汉大学校长，除了处理日常工作，还有各种兼职活动，还要著书立说，其忙碌之状可想而知。然而就在这忙得脚不点地的同时，他始终不废吟事，将所见所闻所感，一一纳入毫端，孜孜矻矻，耕耘不止，居然汇成此洋洋大观的著作。我们不能不佩服他的执着，不能不敬佩他的勤奋。

进才的诗词展现了他半个世纪的生活轨迹：成长—成熟—成功，在岁月的流程中，虽有艰辛，却享受着关爱，充满了欢悦。我们捧读它，仿佛在读一本内容丰富的传略。读他的诗词，也仿佛在赏读一篇篇优美的游记。他从资江河畔的小山村走向珞珈山的高等学府，足迹遍及中国的东疆西域、塞北江南，甚至跨越大洋，探访异国。我们随着他的目光，看到了改革浪潮给城乡带来的巨变，感受到了时代前进的步伐，还领略到了泰山的雄伟、西湖的秀丽、鸣沙山的奇妙、日月潭的妍美、好莱坞的异趣、华盛顿的繁华。

我们说进才的诗词似传略、似游记，但这又不是一般的传略、一般的游记，而是诗化的传略、诗化的游记。除了运用诗的形式外，还倾注了浓烈的感情，加入了深沉的思考。他那深厚炽热的爱国情怀，有时通过直抒加以表现，如对『一举靖妖氛』、粉碎『四人帮』的喜悦，对香港回归的欣忭，对『两岸一家』的渴望，对百年国耻回顾的愤激等，均是；有时则体现在对祖国壮丽河山由衷的赞美中，体现在游历时奔涌、迸发的激情中。这里要特别提到的是他对亲人那浓挚的感情，其诗词无处不充盈着对祖母、对父辈、对伴侣、对手足、对儿孙的挚爱。对祖母是『引忆难禁人洒泪』（《瞬忆祖母》）；对父母，脑际常会萦绕他们『月夜耕田』『更深纺细纱』的勤劳身影；而与爱侣、儿孙共处的天伦之乐则是『暑往寒来多少事，衔泥哺燕匆匆。几多骨肉挚情浓』（《临江仙》）。鲁迅诗云：『无情未必真豪杰，怜子如何不丈夫。』读进才诗，可以看出，他既是当代的人中『豪杰』，又是有情、多情、深情的『丈夫』。

进才观察生活细致，作诗亦能体物入微，富有思致哲理，其中不乏精彩之作，如：

峡寓山川哲理情，高低曲折自然生。

几疑峰阻全无路，船至崖边又畅行。

——《游三峡偶感》

此诗妙在后面两句，与陆游诗『山重水复疑无路，柳暗花明又一村』意趣相似，不同处是陆诗写山村陆行，李诗写山峡水行，前者显幽美，后者显险峻。

至于摹写不同景观，表达亲情、乡情，常有自己的独特视角与体会，不唯善于写境，亦且善写流动之美。如『军舰停深港，屿星落玉盘』（《游舟山群岛》）、『远望疑无水，俯观反见光』（《大禹山观黄河》）、『石道盘崖知境险，白云飞岭觉山摇』（《登西山龙门》）、『道姑正采新茶叶，始信仙家也惜春』（《鹧鸪天》）、『沉思时刻离江汉，掐指行程到益阳』（《送母亲、姨妈、大妹返湘》）等等，均颇警策，或能大处落墨，或能小处生发，给人以美的享受。

进才作诗崇尚自然，语言通俗，无艰涩之词，无难懂之语，尤长于白描。如『忽瞧猛虎前来，岂容半点徘徊。烧火高擎扁担，吼声赶虎离开』（《清平乐》），所写情景，历历如在眼前。又如『夜天如漆到香溪，悬壁山城险又奇。喜见一支搬运队，苗条女子过江堤』（《夜过昭君故里》）。写山城奇，人亦奇，绘形绘影，后面两句出人意料地将『搬运队』与『苗条女子』相联系，可以说是神来之笔。他的作品有的还带有民歌风味：『乘车偶向山前过，船在山边水上行。船影山峰齐映水，车船山水共怡情。』（《过新安江望船、山、车互动偶感》），颇具回环往复之妙，又移主观之情于客观之物，流露出陶醉于大自然的愉悦与轻松之感。

古人有云：『余事作诗人。』那是把立德、立功放在首位，而将立言放在次要地位。今天我们暂借这句话来形容进才的创作活动，即工作之余填词赋诗。既属『事』之『余』，自难有充分的时间、精力对诗词加以锤炼。因之，我们对个别作品感到不够满意，也是情理中之事。他曾说过：『一心偿夙愿，九仞遂吾生。』（《欢庆花甲寿辰》）我们深信：通过进一步的勤奋攀登，他的创作一定会更上一层楼！

是为序。

蔡厚示　刘庆云

癸未季春谨序于双柳居

蔡厚示教授系福建社科院文学研究所研究员、中国作家协会会员、中华诗词学会顾问，著有《独柳居诗词稿》《诗词拾翠》《唐宋词鉴赏举隅》等。

刘庆云教授系中国韵文学会常务副会长、湖南诗词学会副会长、湘潭大学教授，著有《词话十论》《词曲通》《绿烟楼吟稿》《绿烟楼诗词散论》等。蔡、刘伉俪还合著有《双柳居诗词》。

序二 真情实感咏华章

——喜读李进才诗词近作

李进才教授是湖南益阳人，益阳市一中高八班校友。一九六二年毕业于武汉大学中文系，先在大学任教，后历任教育部高教一司副司长、武汉大学副校长、江汉大学校长、全国高校教学评估专家委员会副主任等职。我在益阳市一中工作多年，对这位知名校友仰慕已久。

二〇〇六年，我参与筹备益阳市一中一百

周年校庆，去武汉组织召开校友会，有缘与李进才教授相识，并承蒙他的盛情接待、热心帮助与大力支持，圆满完成了工作任务。他还赠我一本《春晓斋诗词集》以留作纪念。此后，我们仍相互通信问候，保持联系。

二〇一三年五月中旬，李教授突然来电话，说他正在整理近十一年来写的一些诗词，准备编印出版第二部诗词集，要我帮助修改。我回答说，水平有限，没有能力修改，只能学习学习。月底，他果真把一大摞诗词稿寄来了，总共有五百二十多首作品。我深感责任重大，难以胜任。但友人嘱托，又义不容辞，只好班门弄斧，勉为其难。

李教授诗词近作，题材广泛，内容极其丰富，艺术水平很高。我认真拜读之后，深受教益。他的诗词，首首都是写自己的亲身经历和体验，描写真实，感情真切，语言朴素，意境深远。

真情实感是诗的灵魂，是诗的生命。无论什么内容的诗，都必须有真情实感，才能营造出优美的意境，吟咏出高雅的华章，才具有强烈的艺术感染力。

古人论诗，讲究境界，注重真情实感。王国维说，『词以境界为最上』，『能写真景物、真感情者，谓之有境界』。李渔也说，『作词之料，不过情景二字，非对眼前写景，即据心上说情，说得情出，写得景明，即是好词』。李教授深明此理，他的诗作，多选自己最熟悉的题材。因为只有自己亲目所见、亲耳所闻、亲身经历和体验的情景，才能被感动。只有感动了自己，发而为诗，写出真情实感，才能感动别人。

读李教授诗词，给我印象最深的有下列几类作品。

一是时事感怀之作。诗人以高度的政治热情，关心国事，关心民生，关心时代进步，写了不少时事感怀的诗词。如《喜闻我国神舟五号宇宙飞船发射成功》：

五号神舟今发射，心潮激荡泪花盈。
长征四化扬鞭进，科学高新动地惊。
登月历来为梦想，飞天瞬即送佳声。

参观硅谷思千绪，发愤图强梦定成！

当时，诗人正在美国硅谷参观，突然获得祖国神舟五号宇宙飞船发射成功的消息，不禁心潮激荡，喜泪盈眶。多少年来『登月』的梦想终于变成了现实，怎不令人思绪万千、欢欣鼓舞呢？喜悦的情感如江河奔泻，难以抑制。联想到硅谷办学科研在世界领先的地位，内心自然迸发出『发愤图强梦定成』的豪情壮志。又如《小重山·赞新型农村社会养老保险实施》：

农保欣闻欲实行。寻思难入寐，夜三更。
开天辟地哪朝兴？千百载，喜听唱新声。
改革迈新程。关怀农业事，暖民情。内需
拉动促繁荣。抬眼望，指日小康成。

诗人获悉新型农村社会养老保险实行，高兴得夜不能寐。这是开天辟地以来从未有过的一件大喜事，是中国农民的福音。有了社会养老保险，农村的广大人民群众更能放心大胆地搞好农业生产，进行农业科研，走发财致富的道路。这是党和国家坚持改革，发展农业，实现小康社会的重大举措。诗人抚今思昔，从内心涌出了对党的惠民政策的热烈歌颂。

二是山水怡情之作。诗人经常外出访问、考察、采风和旅游，饱览祖国的名山大川，领略各地的优美风光，往往触景生情或缘情写景，创作出一首首情景交融、意境清新的佳构。诗人善于抓住景物特点，以白描手法，展现出景物的雄姿美态，给人以赏心悦目的艺术享受。如《观三峡大坝雄姿》：

大坝拦江锁巨龙，平湖万顷接遥空。
登临放眼规模壮，转步凝眸气势雄。
飞瀑泄洪银浪涌，航船越峡彩云从。
奇观胜迹惊寰宇，神女巫山展笑容。

此诗突出一个『雄』字。通过对『大坝拦江』『平湖万顷』『飞瀑泄洪』『航船越峡』的生动描绘，展现了三峡大坝的雄伟气势，并以『银浪涌』『彩云从』进行烘托，色彩更加明丽，画面更加生动。结尾通过寰宇『惊』、神女『笑』，直抒胸臆，表达了诗人的赞叹之情。又如《冲刺玉龙雪山四千六百八十米新高》：

缆车摇影挂云端，云外登天展壮观。

雪岭横空惊险域，冰川泻谷震深滩。

高峰极目胸怀远，峭壁攀岩气度宽。

我竟步行临绝顶，平生莫作等闲看。

此诗突出一个『险』字。通过对『影挂云端』『云外登天』『雪岭横空』『冰川泻谷』的描绘，展现了玉龙雪山的险峻风貌，并以『高峰极目』『峭壁攀岩』，表现了自己不畏艰难、勇敢攀登的豪迈气概。诗人终于登上了玉龙雪山的『绝顶』，这是值得骄傲的一番壮举，『平生莫作等闲看』，真是出人意料，非比寻常啊！豪迈之情，溢于言表。

三是异域观光之作。诗人是我国教育界权威人士，多次率团或随团出国访问，先后到日本、韩国、澳大利亚、新西兰、美国、英国、法国、德国等地观光，考察了数十所大学的教学科研情况。同时，也参观了许多名胜古迹，留下了不少内容新颖、反映异国风情的吟咏之作。

在这类诗作中，诗人有自己独特的视角和体会。他看到外国的许多好东西，既虚心学习，取人之长，补己之短，又不盲目崇拜，一味地惊奇赞美、望『洋』兴叹，而是深入思考，从中探索事物的内在意义，开掘出深刻的题旨。或借鉴别人，勉励自己，鞭策未来；或慨叹历史，牢记教训，警戒后世。这是难能可贵的。

下列富有真知灼见和抒情色彩的诗句，足见一斑。『妙景奇观开眼界，成功环保郁葱葱。』

（《层林尽染——由华盛顿赴纽约途中》）、『故国天文早，后英教训沉。』（《登格林尼治天文台》）、『繁华呈百态，实践始知功。』（《登埃菲尔铁塔》）、『莫言世界无悲剧，塞纳河边泪水淋！』（《巴黎圣母院》）、『难忘书滑铁，教训警千秋。』（《拿破仑最后之战场——比利时滑铁卢》），这些警策的句子是画龙点睛之笔，表达了诗人的真切感受，揭示了全诗的主题，能引起读者的深刻思考，饶有余味。

李教授诗词近作，洋洋大观，均堪激赏。

我有幸先睹为快。

『莫道桑榆晚，为霞尚满天。』李进才教授年逾古稀，犹壮心不已，笔耕不辍，创作出了大量脍炙人口的佳作。而今，再次检点诗囊，辑以成册，刊印第二部诗词集，必将有以自慰，诚人生之又一幸事也。可喜可贺！

拜览之余，书此复命。不当之处，尚祈见谅。

姜迪璜

癸巳年八月于益阳桃花仑怡心斋

姜迪璜先生系益阳市一中高级语文教师，知名诗人。曾任益阳桃花仑诗社常务理事、益阳市诗词家协会秘书长、《湖南诗词》编委。有《怡心斋诗文集》问世。

目录

卷四　七律

卷五　小令

卷六　中调

卷一　五绝

观神女峰

争观神话景，凝望峡峰巅。

造化何奇绝，瑶台女若仙。

一九八四年三月于长江三峡轮船上

河西走廊秋景

千里好风光，林荫稻麦香。
山峦秋意远，遍地马牛羊。

一九九二年八月于酒泉

坐乌篷船

坐上乌篷船，乡愁脑际旋。
品尝特色酒，留影断桥边。

一九九六年五月于绍兴

波茨坦

夜居波茨坦，名盛至如今。
《协定》昭天下，重捶『台独』心！

二〇〇四年十二月于波茨坦

母校益阳市一中①建校一百周年感赋

（二首）

一

仑上黉宫，琼楼掩树丛。
花开娇艳艳，桃李共葱茏。

二

名师聚一堂，振铎冠三湘。
教泽开新宇，英才美誉扬。

二〇〇八年十月于武汉

注：

①：益阳市一中（原湖南私立信义中学）坐落于益阳市郊著名风景区桃花仑，系湖南省示范性普通高级中学。

悼钱学森院士[1]（三首选一）

北京见有缘，意气喜空前。
科教春风里，建言灼见捐。

二〇〇九年十月于武汉

注：

①：一九七八年北京召开全国教育大会，作为简报组人员，我有幸聆听了钱先生在北京组发言。他畅谈了发展教育之重要意义和拨乱反正抓教育之真知灼见，我将其编入简报上报中央并下发大会。

欣悉豆豆荣获『楚天杯』作文竞赛一等奖[1]

小鸟腾空跃，自由展翅飞。
高翔凌绝顶，摘片彩云归。

二〇一〇年三月于武汉

注：

①：『豆豆』系小孙女李欣儒之乳名。二〇一〇年三月于武汉荣获湖北省第八届『楚天杯』作文竞赛一等奖，上初中时再次荣获此殊荣。

学子诗吟

——贺江汉大学学子《行吟三角湖》诗集出版

碧水起微澜，怡然柳万千。
诗吟声自远，乳燕半空旋。

二〇一〇年三月于武汉

咏阳台对节白蜡盆景

主干力千钧，如云叶簇伸。
叶新何嫩绿，摇曳一天春。

二○一○年三月于武汉

重游襄阳隆中偶感

茅庐三顾处，至此每沉思。
光照千秋业，凝成万卷诗。

二〇一三年五月于襄阳

咏梅（二首）

一

凌寒伸铁骨，浴雪送清香。
岂有争春意，地天灵气扬。

二

松竹欣为友，岁寒品益坚。
任由风雪冽，浩气壮山川。

二〇二一年一月十八日于深圳

咏『春笋』[1]

破岩何锐气，拔节入苍穹。
岂惧风霜袭，朝朝沐彩虹。

二〇二一年二月二十六日于深圳

注：

①『春笋』：高耸于深圳海湾，状似春笋的高楼已成为象征深圳精神之地标性建筑。

卷二　七绝

忆故园童年（七首）

学堂

古老宗祠掩映深，苍松翠柏耸祥云。

龙飞匾额满墙挂[1]，朗朗书声室外闻。

注：

①『龙飞匾额满墙挂』：我所上小学之校舍是匾额盈壁之古祠堂，其上书法龙飞凤舞。

祖母目送上学

深情目送我求学，身影迷离始返房。

待到晚霞飞倩影，凝眸远眺又临窗。①

注：

①：我上初小时，学校距家一公里，祖母每天到堂伯父家临窗目送我去学校，下午放学又凝望着我回家，数年间每天如此。

乘凉

稻场秋夜输凉意，邻舍家家摆竹床。
琴笛悠扬飘四野，依偎更听话麻桑。

夜读

作业挑灯深夜成，书声常伴纺车声。

醒来未见老人①睡，只听鸡鸣窗亦明。

注：

①老人：老人即娭毑，祖母。

捉鱼

春风和暖水淙淙，鱼喜春潮戏浪峰。

撒网抛罾施妙计，鲜鱼蹦跳入篮中。

放牛

放牛独自上山岗，百鸟齐鸣景色苍。

常喜攀缘弯翠竹，牛咀叶片溢清香。①

注：

①『常喜攀缘弯翠竹』两句：牛喜吃竹叶，我常攀缘至竹颠，冒险使翠竹弯曲下来，让牛吃些竹叶之后再将竹放还。

抗日操练

抗日烽烟频席卷，孩童结伴练新兵。
难分左右草缠脚，步伐齐声摆阵营。①

一九五四年前后于益阳

注：

①『难分左右草缠脚』两句：因孩子们太

小，分不清左脚和右脚，便以稻草系左脚，口令呼为『一二一，草脚、肉脚、草脚』，步伐便能走得整齐威武了。

游三峡偶感

峡寓山川哲理情，高低曲折自然生。
几疑峰阻全无路，船至崖边又畅行。

一九九二年五月于三峡轮船上

夜过昭君故里

夜天如漆到香溪，悬壁山城险又奇。

喜见一支搬运队，苗条女子过江堤。

一九九二年五月于长江三峡

泰山观日出

旭日穿云一点红，俨如圆镜挂长空。
神州万里光华涌，澎湃心潮梦醒中。

一九九二年七月于泰山

过罗湖海关见英军哨所偶感

回想前年到此游，误将哨所作民楼。
得知却是百年耻，怒火焚心忆旧仇。

一九九三年六月于香港

机上眺望宝岛台湾

银燕高飞逐降翎，田园碧海渐分明。
台湾一见心潮涌，全是同胞骨肉情。

一九九三年七月于台湾

校友聚会[1]

忘年校友深情在，握手言欢喜若狂。
留得情丝牵两岸，共期统一溯炎黄。

一九九三年七月于台湾

注：

①：一九九三年七月三日晚，应武汉大学在台校友盛邀，我们去福华酒店聚会，大家高兴异常。

日寇盗伐台湾树木

巨大树桩数米围，何人砍伐忍心为？
东洋日寇罪魁首，可耻犹留『惜木碑』①！

一九九三年七月于阿里山

注：

①『惜木碑』：阿里山上竟有日寇修建的『惜木碑』。

过新安江望船、山、车互动偶感

乘车偶向山前过，船在山边水上行。
船影山峰齐映水，车船山水共怡情。

一九九三年十一月于新安江

读《张学良与笑星们》

暮想朝思望故乡，如烟往事断人肠。
歌声唱到情深处，难抑心潮泪闪光。①

一九九四年三月于武汉

注：

①『歌声唱到情深处』两句：据报道，九十三岁之张学良将军在台湾会见大陆的笑星们，高兴时自己也唱起了东北民歌，『唱到动情处……眼里闪动着莹莹泪花』。

车还人愿

车还遗愿慰人心，座驾随军①寓意深。

圆却生前赴港梦，殷殷爱国挚情忱。

一九九八年春节于珞珈山

注：

①座驾随军：据港报报道：『邓小平检阅座车随军进港。』

瞻仰爱因斯坦故居

爱氏旧居小白房，遗言身后交校方[①]。
世间钓誉留腥臭，不务虚名名更香。

二〇〇二年三月于普林斯顿大学

注：

①『遗言身后交校方』一句：爱氏生前留下遗言，百年后所住小楼不作纪念馆，交校方以安排教师住宿。

朱眉

倒八眉毛承一脉[①]，端庄人品仰高风。

性尤耿介多豪气，魄力千钧举世崇！

二〇〇三年十月于安徽凤阳

注：

①『倒八眉毛承一脉』一句：在凤阳参观明皇陵展，见明代皇帝朱元璋、朱棣等画像之眉毛同朱镕基眉毛一样奇特，呈倒八字状。

红安烈士陵园凭吊

血染灵堂草木寒，清明凭吊列花环。
常人只道将军县，谁晓征途几个还！

二〇〇四年四月于红安

荷花赞

万亩荷花次第开，游人如织任徘徊。
出污不染何妍丽，耻笑贪官倒下台！

二〇〇四年七月二日于洪湖

咏黄河铁牛[1]（二首）

一

一任沉沙数百年，蚀身浸体未观天。
折磨重负全无畏，汗献苍生品格坚。

二

不羡骅骝骋四方，耕田拉索是寻常。
此生只立平凡志，长伴农夫种植忙。

二〇〇四年十月于山西

注：

①：据介绍，黄河铁牛修建于唐代，系从陕入晋黄河铁索桥之拉柱，河两岸各四尊。后随黄河改道，泥沙淤积，铁牛便被沙土埋至数米以下。近年当地政府组织人力将铁牛挖出并在原地建博物馆。

游白沙山、白沙湖

熠熠白沙心绪扬，气清天朗咏流觞。
苍穹倒映天人合，玉宇人间碧水装。

二○○六年九月于南疆

咏京山国宝桥米（二首）

一

颗颗珍珠耀眼明，清香可口亮晶莹。
山泉浇灌农耕苦，请问谁知本姓京？

二

曾经显贵进官衙，常此思家不见家。
今日穿街又走巷，香飘万里耀中华。

二〇〇八年十月于湖北京山

『暴走妈妈』割肝救子感赋①

精诚不竭震医坛，七月艰行化脂肝。
母爱无疆驱病孽，神州大地卷狂澜。

二〇〇九年十一月于武汉

注：

①：武汉市先锋村村民陈玉蓉，坚持七个月每天暴走十公里，终于『走掉』脂肪肝，完成割肝救子心愿，广受人们赞誉。

喜迎四海诗教嘉宾[1]

黄鹤楼高秋气凉，有朋自远载朝阳。
共商诗教百年计，妙语连珠跃大江。

二〇一〇年十月于武汉

注：

①：二〇一〇年十月，中华诗词学会和教育部召开全国『高等学校诗教工作暨当代诗教理论研讨会』，由江汉大学等单位承办并在江汉大学举行。

赞『最美女教师』张丽莉①

红烛生辉耀杏坛，骤然锃亮最堪看。
乐施全部光和热，换得青春学子安。

二〇一二年五月于武汉

注：

①：二〇一二年五月八日晚，当一辆失控客车冲向学生们之瞬间，教师张丽莉用手推开学生，而自己却被卷入车下造成双腿高位截肢，人们称颂她为『最美女教师』。

咏神农架金丝猴

皓齿明眸尾巴长，锦绫毛色美衣裳。

凌空倏忽飞驰降，逗趣游人戏闹忙。

二〇一二年八月于神农架

祝贺我国首次太空授课活动成功举行[①]

扶摇羽化入天宫，妙趣横生兴味浓。
疑问频提随作答，何须把酒问苍穹？

二〇一三年六月于武汉

注：

①：二〇一三年六月二十日上午，中国首次太空授课活动成功举行，听课师生超过六千万人。

题照嘟嘟[1]相册

天真烂漫小天使，出水芙蓉好自然。
雨露阳光相映照，清香淡雅更鲜妍。

二〇一四年三月于武汉

注：

①嘟嘟：嘟嘟系外孙女何君清之乳名。

观编钟乐舞

曼舞轻歌伴乐鸣，清音袅袅绕梁萦。
每回静赏编钟曲，惊喜又闻天外声。

二〇一四年五月于武汉

读王一桃先生①政治抒情诗有感（二首）

一

诗章捧读心潮涌，虎啸龙吟发吼声。

一片赤诚传广宇，殷殷爱国大旗擎。

二

火样华章匕首投，冲天豪气震寰球。

耄龄策马除迷雾，尚饭能诗战未休。

二〇一五年四月二十六日于武汉

注：

①王一桃先生：王一桃先生系香港文艺家协会、世界华文文学家协会会长，著名爱国诗人。

阳台种花

山村乡景上阳台，眷恋乡愁春色裁。

小鸟何能知奥秘，几分亲近乐飞来。

二〇一五年五月六日于武汉

读詹固熙先生《詹鼎诗韵》

别离疆场入吟坛，武备文功两得安。
往昔硝烟焕异彩，奔腾四化涌毫端。

二〇一五年十二月于武汉

看《打铁还需自身硬》纪录片有感

——欣观纪检贪官被严惩

位高权重貌为公，两面人生乃蛀虫。

慧眼识妖挥利剑，斩魔除怪乘东风。

二〇一七年元月八日于武汉

痛斥美加逮捕孟晚舟女士[1]（二首）

一

不意机场遭暗算，居心叵测恶风旋。
填膺义愤怒潮涌，请看『人权』哪值钱！

二

狐假虎威欺世俗，卑微走卒岂堪怜。
诡言施逮因相托，如此恶行你创先！

二〇一八年十二月八日于武汉

注：

①：二〇一八年十二月一日，华为副董事长、首席财务官孟晚舟女士在加拿大转机时遭加方逮捕，加方称此事系受美国委托。

朱总司令的最后军礼①

战斗友情深似海，一朝诀别步履沉。
泪光凝重行军礼，饮泣山河日月昏。

二〇一九年八月五日于神农架

注：

①：一九七六年一月十日，朱总司令在北京医院向他的入党介绍人、老战友周恩来总理之遗体告别，庄严肃穆地行了最后一个军礼。

痛斥乱港分子闹事

骤起乌云浊浪翻，焚烧打砸卷危澜。

照妖镜里原形现，黑手暗伸把线牵。

二〇一九年八月于武汉

漫步深圳海湾

似锦繁花铺海湾，人皆口罩乃奇观。
海鸥不晓疫情重，嬉戏翱翔逗乐欢。

二〇二〇年二月二日于深圳

为女护士剃光头抗疫点赞

青春靓丽貌如花，秀发飘然灿若霞。

为战疫情今『剃度』，心灵俊美放光华。

二〇二〇年二月四日于深圳

最高礼仪之欢送[1]

升腾水雾映长虹，银燕轻盈过雨中。
致谢心诚行至礼，英雄城市送英雄！

二〇二〇年三月二十日于深圳

注：

①：武汉天河机场以飞机过水门之最高礼仪，欢送来湖北武汉抗疫之白衣天使。

赞开平碉楼①

河水波鳞竹万丛，碉楼古朴耸天穹。
树高千仞连根脉，万里侨胞岂忘宗？

二〇二一年三月十二日于开平

注：

①开平碉楼：广东开平碉楼系当地侨胞自明清以来，因思念故乡所建，二〇〇七年被列为世界文化遗产。

卷三　五律

游捉蒋亭

重游捉蒋亭，思绪漫西京。
石壁惊枪响，『英雄』坠草棚。
不为兵不众，亦或械非精。
道义全然缺，救亡起谏兵。

一九八四年十一月于西安

忆父亲月夜耕田

床前明月朗，疑是已天明。
加紧把田种，匆忙向路行。
赶牛同下水，破雾早开耕。
四野鸡声喔，东方渐放晴。

一九八七年九月于北京

大禹山观黄河

黄河万里长，浩浩又汤汤。
远望疑无水，俯观反见光。
山峦岸边耸，城市眼中装。
禹像留功德，但祈清不黄。

一九九二年十二月于郑州

游舟山群岛

胜地欣闻久，但祈亲眼看。
名山多佛景，暮鼓响群峦。
军舰停深港，屿星落玉盘。
今朝开眼界，美景尽情观。

一九九四年八月于舟山

昭君故里

佳人传美誉，故里近香江。
溪水明如玉，柳丝柔却刚。
明眉胸臆美，玉骨体肤香。
历史传佳话，精神万代扬。

一九九五年六月于湖北兴山

自励

岁月催人老，须眉渐染霜。
珞珈春意盛，鹦鹉碧流长。
研习嫌时短，交流迓客忙。
登楼舒望眼，桃李笑宫墙。

一九九六年四月于武汉

参观并夜宿张掖[1]

瑞雪莽祁连，赞歌响彻天。
牛羊肥壮影，庄稼米粮川。
边塞春来早，民风纯若泉。
如花美『鸽子』，朵朵马兰妍。

一九九六年五月于张掖

注：

①：位于祁连山下之张掖，当年小麦亩产八百斤、玉米一千二百斤、稻谷两千斤。裕固

族全球人口一万四千多，大部分生活在张掖地区的肃南裕固族自治县和酒泉黄泥堡等地。当地称年轻女子为『鸽子』（音），马兰即草原上之马兰花。

欢庆花甲寿辰[1]

生辰六秩降，团聚乐盈盈。
花艳温柔意，烛辉骨肉情。
一心偿夙愿，九仞遂吾生。
岁月如斯逝，征途再启程。

一九九八年春节于珞珈山

注：

①：女儿、女婿分别从北京、深圳赶回，儿子、儿媳、孙女在汉一道欢度春节，并为我和自安庆六十寿辰。

游三亚

碧海渺无边，繁花景色妍。
晴空南国美，红日白云旋。
腾浪樯帆稳，巡边意志坚。
南沙留史话，啖荔美谈传。

一九九八年十二月于三亚

观洛阳第十八届牡丹花会

晴空暖意盈，盛会喜相迎。
国色颜如玉，雍容品自莹。
争妍呈百态，溢彩显纷呈。
改革推风雅，名花闪亮晶。

二〇〇〇年四月于洛阳

登西岳华山

壑崖气势雄，千仞逐群星。
巨石奔腾涌，蛟龙舞不停。
路斜天上挂，隘险峡中行。
极目观佳景，云山胜画屏。

二〇〇一年五月于华山

长白山天池奇观①

高岩扩眼界，风景任流连。
山映湖光美，日移水色妍。
天工成绝景，世外有神仙。
变幻多奇妙，今观幸有缘。

二〇〇一年七月于长春

注：

①：据介绍，许多人多次上山甚至在山上连住数日也未看到天池。我们当日上山便见此奇观。

游好莱坞影视城

影棚今日赏，掩映妙如神。
海战千般险，天空万片鳞。
山前雷阵雨，林外鸟啼频。
十里多奇景，假虚犹乱真。

二〇〇二年二月于洛杉矶

穿街小松鼠

游览正回程，机灵马路行。
闯街忙觅食，睁眼似躬迎。
喂食输诚意，承欢表热情。
草坪林木茂，环保用心诚。

二〇〇二年三月于华盛顿

赞榆林镇北台治沙典范①

高台建哪朝？肃穆耸云霄。
历史成遗迹，文明起浪潮。
沙狂遇阻挡，林茂逞妖娆。
今赋新含义，先锋树坐标。

二〇〇二年十一月于榆林

注：

①治沙典范：榆林治沙是人类向沙漠争地的成功典范，为中国乃至世界贡献了榆林智慧和方案。

凭吊『东方金字塔』——西夏王陵

高冢群山倚，尘封多宿冤。
贺兰增气势，河水任波喧。
威震惊东宋，基倾屈北藩。
辉煌载史册，教训探深源。

二〇〇二年十一月于银川

澳门探访①

欢愉今到访，渴望已成行。
一统山河笑，回归喜气盈。
精心培后起，理念赖传承。
笑语声盈耳，同奔万里程。

二〇〇三年七月于澳门

注：

①：应澳门高校邀请，我和江汉大学同仁一行访问澳门。

西安民办高校调研

办学航程启，敷荣桃李钦。
毗连腾瑞气，点化变黄金。
气势惊华夏，风光播好音。
迎来新气象，新辟坦途临。

二〇〇三年九月于西安

后记：

西安骤然兴建一批民办高校，被誉为民办高校之『陕西现象』。

老子雕塑①

驱车过涡阳，雕塑古风扬。
长者传经义，道人谱德章。
有图弘教义，济世耀光芒。
信奉聃翁理，薪传播四方。

二〇〇三年十月于安徽涡阳

注：

①：涡阳为安徽亳州所辖县，据传系老子李聃之出生地。街道中心建有老子骑牛之巨型雕塑。

花戏楼[1]砖雕

古楼标典范，技艺撼心灵。
传说成形象，精描亮典型。
艺优延数代，思巧播温馨。
胜景堪称绝，光辉耀日星。

二〇〇三年十月于安徽亳州

注：

①花戏楼：花戏楼对研究清代早期、中期

建筑艺术和雕、绘、戏曲艺术有重要价值，被列为全国重点文物保护单位。

访美国旧金山

彼岸旧金山，群峦路险艰。
水奔心逐浪，桥架气升攀。
鹰展蓝天舞，帆迎碧水环。
唐街斑驳久，贡献蕴其间。

二〇〇三年十月于旧金山

登门探望美籍女教师①

中服出门迎，风光满面生。
肴陈当地味，物赠异乡情。
回忆追思远，谈心出语诚。
聚餐多盛意，难舍惜辞行。

二〇〇三年十月于访美途中

注：

①美籍女教师：美籍女教师系曾任教于江汉大学之英格里希和雪里。

游黄陵庙

岩下黄陵建，欣观史迹存。
浚疏留美誉，导引创奇论。
铁树青葱久，岩碑古朴尊。
江风频送爽，惜别出山门。

二〇〇四年三月于宜昌

铜绿山古铜矿遗址

遗存举世崇，如塑夺天工。
撑抵井连井，推移窿叠窿。
眼明观火力，膛固出青铜。
自古多奇志，文明气若虹。

二〇〇四年八月于湖北大冶

洪洞大槐树

葱茏古木妍，历史任流连。
逐鹿狼烟起，鏖兵乡梓残。
交朋成大业，放眼拓新田。
传统精神在，寻根颂舜天。

二〇〇四年十月于山西洪洞

登格林尼治天文台

古台连碧海，侧畔树森森。
精确知微秒，分明识浅深。
地球撑两极，天宇托中心。
故国天文早，后英教训沉。

二〇〇四年十一月于伦敦

参观大英博物馆（二首）

一

锥厅高耸立，博物展奇珍。
电脑供查阅，图书任览询。
精修添肃静，研习振精神。
浩瀚如沧海，珍藏力万钧。

二

遗存惊四海，观赏思幽深。

地域连寰宇，科门盖古今。
坚船为后盾，豪夺赏高金。
国宝沿墙挂，移斯我痛心！

二〇〇四年十一月于伦敦

后记：

在大英博物馆里陈列有从我国掠夺去的诸多极品珍贵文物。

登埃菲尔铁塔

耸立入苍穹，登临气似虹。
长河流脚底，闹市入眸中。
标志皆称道，纷争一扫空。
繁华呈百态，实践始知功。

二〇〇四年十二月于法国巴黎

拿破仑最后之战场——比利时滑铁卢

凭吊思悠悠，沐风访土丘。
枭雄称霸道，末路陷牢囚。
度势古今训，宏观内外谋。
难忘书滑铁，教训警千秋。

二○○四年十二月于比利时

荷兰农村行

农舍异乡情，沟渠纵又横。
风车自摇曳，市镇竞峥嵘。
牧草连天际，丛林入目生。
鸭浮欢乐起，叫唤表欢迎。

二〇〇四年十二月于荷兰

登老界岭①

峰莽接云天，雾飞气浪掀。
巨流奔九派，细浪汇河缘。
山峙临天下，风云写靓篇。
中原兵燹尽，一统壮山川。

二〇〇七年七月于南阳

注：

①老界岭：位于河南南阳之老界岭，系黄河流域与长江流域之分水岭。

海天竞风流

——观中国海军成立六十周年演习

春晖映海疆，精锐喜登场。

舰艇劈波出，战机斩浪航。

披靡驱劲敌，破竹谱华章。

护卫中流柱，欣看国力强。

二〇〇九年四月于武汉

登李白隐居地安陆市白兆山

叠翠峰连岭，仙踪此处闻。
欣观千载柏，遥望许家芸。
教义非常道，诗翁卓不群。
笔池情脉脉，山岭气氤氲。

二〇〇九年五月于湖北安陆

赏日全食奇观[1]

漂洋异国游，夸父聚江楼。
食日昼如夜，驱炎夏若秋。
巨灾临大地，大手拂魔貅。
终胜邪和恶，光明不用愁。

二〇〇九年七月于武汉

注：

①：二〇〇九年七月二十二日发生日全

食，报载武汉为最佳观测点之一，故有数千外国之『夸父』集聚江城观赏。

瞻仰张之洞铜像

驱寒暖意盈，漫步好心情。

塑像林间立，钦仪心底生。

掀潮伟业举，兴教大旗擎。

功过凭谁说，淘沙史作评。

二〇一〇年一月于武汉

后记：

二〇〇九年是张之洞逝世一百周年和督鄂一百二十周年，在武汉大学举办『张之洞与中国近代化』之国际学术研讨会并在校园里建塑像以资纪念。

游孟浩然鹿门山故居感赋

山翠雨蒙蒙，寻幽觅隐踪。
诗书循古训，章句启新风。
抱负无舟楫，松云有道功。
科考多弊病，荒诞古今同。

二〇一三年五月于湖北襄阳

卷四　七律

爱戴祖母

形影相随骨肉亲，爱心养我渐成人。
纺纱常至晨鸡叫，管水时迎星月巡。
节俭勤劳标典范，舍施慷慨暖乡邻。
家和万事呈祥瑞，有口皆碑四季春。

一九五四年前后于益阳

寄居苏家冲①

青翠群峰笼雾气，山居隐在莽丛林。
粗茶淡饭尚勤俭，输暖关怀重爱心。
种地常奔幽谷远，砍柴不怕野山深。
难忘今日人间暖，永记姑妈一屋忱。

一九五四年前后于益阳

注：

①：上小学时，家乡暴发天花，我与大妹阳辉便去姑妈家躲避达一年之久。

登西山龙门

龙门险峻冲霄立，澄碧滇池气势豪。
石道盘崖知境险，白云飞岭觉山摇。
成群黄雀枝头跳，展翅雄鹰天际翱。
峰顶登临舒望眼，心潮澎湃卷狂涛。

一九六五年于昆明

欢呼我国又一颗氢弹爆炸成功

霹雳惊天传捷报，蘑菇云起力千钧。
五星旗帜添虹彩，万众心田溢美醇。
奋起直追增国力，高歌猛进长精神。
居安思险古今训，永葆神州万载春。

一九六八年十二月于武汉

乘车过黄河赴京感赋

列车飞驶过黄河，心绪萦怀逐浪波。
堤决[1]当年尸遍野，水流遗恨鬼哼歌。
炮声革旧江山碧，沃野回春麦浪多。
辉映朝阳风景好，红心插翅赛穿梭。

一九七二年六月于赴北京火车上

注：

①堤决：堤决指蒋介石花园口决堤事件，导致当时死伤无数、哀鸿遍野。

游西湖

薄雾轻烟笼旭日，远山淡抹近山临。
画船欢唱迎风进，水鸭浮游逐浪吟。
树影景中观树景，湖心亭里赏湖心。
山川如画何妍丽，陶醉游人美梦寻。

一九八〇年一月于杭州

送母亲、姨妈、大妹返湘

呼啸北风天气凉，乘车飞驶返家乡。
沉思时刻离江汉，指指行程到益阳。
笑语相随添旨趣，深情难舍断人肠。
今朝挥手依依别，何日重逢共一堂？

一九八一年二月于武汉

游旅顺港

白玉山头云雾收，海滨军港壮千秋。
严防外患施长策，固守边关筑炮楼。
塞口峭山连大海，隔邻倭寇岂甘休。
万人冢里埋忠骨，爱国精神代代留。

一九八二年十月于旅顺

过川西平原

麦苗嫩绿菜花黄，广袤平原阔又长。
频凿水渠滋黍麦，蓬生翠竹掩村庄。
英明政策宣传透，丰硕棉粮销购忙。
穿吃不愁民乐土，千家万户喜安康。

一九八四年三月于成都

赏樱花

和煦春风暖气流，樱花漫舞蝶飞楼。
阳光朗照景如画，云霭轻飘客乐游。
美景如图频赏玩，校园有阁任连流。
纷纷拍照裁春色，学府风光一望收。

一九八五年四月于武汉大学

天安门之夜

良宵弦管奏和谐，上国京城紫气乖。
天际繁星争眨眼，夜间闹市热腾街。
车灯闪映光环灿，人影蹁跹笑语偕。
盛世时逢盛事，万民欢乐尽开怀！

一九八五年十月一日于北京

厦门前沿望大担至五担诸岛

江海翻腾掀急浪，岛称五担赏奇珍。
游人排队开心望，隔岸通航入目亲。
爱国爱宗明大义，连根连叶溯传人。
神州山水昆仑脉，两岸一家力万钧。

一九八五年十一月于厦门

珞珈回忆悼丁玲

文苑巨星今骤陨，传来噩耗泪沾巾。
珞珈追忆钦仪表，举校欢腾祝寿辰。
万斛心潮曾激浪，数千学子共呼亲①。
文豪一代女中杰，引领潮头武将臣。

一九八六年三月于北京

注：

①『数千学子共呼亲』一句：著名作家丁玲八十大寿时应邀来武汉大学做客，学校在小

操场举行万人报告大会并为之祝寿。会后，几千名学子围着叫丁奶奶签名，情景十分感人。

瞬忆祖母①

常到夜深惊恐至，莫名惆怅袭无垠。
老人作古常留影，祖母如生近在身。
引忆难禁人洒泪，回眸倍觉事传神。
最怜晚景身多病，一夜追思到早晨。

一九八七年十一月于北京

注：

①：深夜看书，忽觉祖母飘飞在附近的天空之中，定睛一看始知是幻觉，令我万分惆怅和悲痛。

请记住刘玉玲的名字①

闪亮『道钉』标典范，救人舍己献青春。

遗容凝望频挥泪，思绪翻腾更感人。

为己为他频讨论，争来争去始知真。

一张照片遗殷静，终世难忘救命恩。

一九八八年十二月二十二日于武汉

注：

①：是日《长江日报》刊登了武昌工务段女工刘玉玲舍己救幼童殷静的照片，同版登了

『人生是奉献还是索取』之争论。两相对照，
何其鲜明乃尔！

自励

两个馒头一碗茶，午间打盹胜仙家。
星期谁说忙无七，奋笔何愁慢走铧。
人到中年忙事业，时争分秒惜年华。
峰高不畏攀登险，精卫填海亦有涯。

一九九一年二月于武汉

乐山大佛

乐山大佛凌空立，面目端庄仰北辰。
岷水滔滔流日夜，悠思缕缕系乾坤。
佛心普济惊天地，醒眼甘刿泣鬼神。①
胜地多姿游客醉，余音袅袅奏钟频。

一九九一年四月于四川乐山

注：

①『佛心普济惊天地』两句：据介绍，佛像动工后，官吏勒索营造经费。海通法师则坚

持要求修建，曰：『自目可剜，佛财难得。』后来法师从容剜出左眼，但保住佛财，使大佛得以继续修建。

珞珈远眺

节生两日喜重逢，五四春秋沐晓风。①

多载未曾同放眼，今朝携手共留踪。

伴湖山树青葱绿，映水云天淡雾蒙。

堤坝蜿蜒何隐约，磨山镶在画图中。

一九九二年三月于武汉

注：

①：今年三八节，又值自安五十四岁生日，兴致勃勃同游珞珈山。

游崂山

嶙峋怪石山绵亘，大海波涛涌碧天。
水抱山环云出岫，风吹雾绕壑生烟。
道庐八面多奇树，峻岭四周放纸鸢。
神话迷离奇更巧，《聊斋》故事世间传。

一九九二年七月于青岛

登嘉峪关

横立河西雄气势，长城起点我登临。
攻防并守知天阔，楼阁高悬放浩吟。
揽胜边关思往昔，遥看基地赞如今。
神州处处皆佳景，骀荡春风感悟深。

一九九二年八月于甘肃酒泉

登大雁塔

古塔端庄耸太空，藏经供佛有遗风。
平原广阔连天际，泾渭交流入眼中。
乳燕岂知朝代换，飞鸿当晓羽毛丰。
唐僧取得经书在，文化传承代有功。

一九九二年八月于西安

游石林

喜见边陲奇特景，石人怪兽垒成林。
登高一望心潮涌，俯首欣观妙境临。
神话千般添奥秘，传奇百种启言箴。
坡岩掩映阿诗玛，彝族风情耀古今。

一九九五年四月于昆明

凭吊聂耳墓

山峦环抱景相连，塑像巍巍立墓前。
琴式坟茔含寓意，风仪设计着先鞭。
国歌激越惊寰宇，万众奔驰震上天。
时代强音由你谱，芳名永驻壮山川。

一九九五年四月于昆明

歌舞三道茶

锣鼓喧天加唢呐，迎宾夹道尽金花。
热情洋溢联翩舞，游客光临三道茶。
味浸舌端知品位，杯齐眉额引喧哗。
更添婚俗新娘掐，迭起高潮肉不麻。

一九九五年四月于大理

对歌

口哨声声何激动，金花羞涩会阿兄。
对歌乍起惊山谷，曲调飞驰颂太平。
高唱低和抒盛意，远攀近附表心诚。
有缘相聚高潮起，妹唱哥随喜定情。

一九九五年四月于大理

胡耀邦墓①凭吊

共青城外草青青，碧树森森白鹭停。
背倚山峦景优美，濒临湖面气温馨。
少年壮志长征路，新纪惊雷改革星。
安息九泉当闭目，奔腾四化请聆听。

一九九五年五月于共青城

注：

①胡耀邦墓：胡耀邦墓建在江西共青城郊外之鄱阳湖畔，气势磅礴而又风景秀丽。

登黄洋界

雾涌千山万壑云，军民团结扫妖氛。
赤旗飞舞炮惊梦，豪气腾空敌遁军。
眼贵宏观须把握，事含哲理耐思勤。
岂惟将广兵多好，向背人心胜败分。

一九九五年五月于井冈山

咏竹

翠绿轻盈景色美，妖娆多彩遍千山。
土坚石硬全无畏，雨打风摧只等闲。
春去秋来皆坦荡，根深叶茂尽开颜。
虚心爱与松梅友，气节常留在世间。

一九九五年五月于井冈山

香溪源①凭吊屈原、王昭君

矗立群峰岩涌泉，草房古朴立河边。
风清徐送芳香味，溪澈频流甘露甜。
坐看青山思往昔，欣观溪水念先贤。
风情万种无穷尽，景仰昭君颂屈原。

一九九五年六月于神农架

注：

①香溪源：香溪源指位于神农架香溪之源

头。香溪蜿蜒曲折流经王昭君、屈原故里后汇入滚滚长江。

昭君村篝火晚会

星宿满天篝火旺，香溪侧畔起歌声。
溪林环抱人围坐，宾主欢腾舞步盈。
声乐凌空传百里，欢歌入耳震江城。
春风浩荡山河美，共颂尧天万象荣。

一九九五年六月于昭君故里

赴新疆机上偶感

高飞银燕太空旋，玉宇琼楼景色妍。
欧亚两洲通铁道，丝绸故路谱诗篇。
黄沙古道留遗迹，瘦马孤驼变逝年。
跨越时空成一体，风骚管领在今天。

一九九六年五月于飞机上

游红山公园

火样桃花艳艳红，飞泉瀑布映苍松。
浓荫绿树多风景，塞北江南共暖融。
林公①塑像巍巍立，勇笃丹心耿耿忠。
爱国豪情传后世，思危方保国兴隆。

一九九六年五月于乌鲁木齐

注：

①林公：林公即林则徐，因禁烟抗英被清政府贬放伊犁，曾途经乌鲁木齐。

吐鲁番晨闻秧鸡鸣叫有感

大野黎明空气爽，忽闻喔喔是鸡声。
秧鸡本是江南物，南鸟何飞北国鸣？
华夏丝绸通异域，神州壮气暖边城。
图谋分裂痴人梦，一统江山万代荣。

一九九六年五月于吐鲁番

观火焰山

少时爱看《西游记》，更是钟情火焰山。
昔恐传奇皆变幻，今观此景不平凡。
熊熊烈焰千重险，灿灿金光万座关。
八戒悟空曾吃苦，今朝欢乐尽开颜。

一九九六年五月于乌鲁木齐

游葡萄沟

枯土干沙两列山，高峰脚下淌清泉。

藤长根固葡萄美，叶茂枝繁色泽妍。

翡翠珍珠挂满架，鲜梨蜜饯摆街边。

奇沟胜景寓深意，甘苦相随哲理传。

一九九六年五月于乌鲁木齐

登哈密鸣沙山

阑干瀚海莽平原，千里鸣沙近眼前。
涉岭非高攀却远，步行还得勇当先。
依山仰眺苍穹阔，额手欣观莽草妍。
下滑呼隆声大作，浓浓兴致一溜烟。

一九九六年五月于哈密

过大戈壁感开发大西北

茫茫戈壁万千程，阵阵狂风发吼声。
沙漠荒凉能变绿，人烟稀少可迁行。
矿藏待掘千般宝，关塞留踪万缕情。
莫道边陲疆域远，强边固土国峥嵘。

一九九六年五月于新疆

机上眺望冰雪天山

圣洁神山天际横，绵延百里亮晶莹。
忽奔骏马腾飞起，瞬列琼宫肃穆呈。
渗出清流浸大漠，铺成绿野泽苍生。
撩人美景难暇接，西域风光动我情。

一九九六年五月于新疆

游沈园

小桥流水柳丝新，池里荷花美入神。
触景生情思旧事，和弦合拍遇知音。
柔肠寸断谁怜影，热泪无声已湿巾。
请看门前岩石裂，一场悲剧怪何人！

一九九六年五月于绍兴

后记：

陆游之母不喜欢陆妻唐琬，令其休弃。后陆唐沈园偶遇，陆游提笔在墙上写下千古绝唱的哀婉之词，唐琬读到后，感慨万千，也和了一阕，不久即病逝。

贺严兆坤学长古稀双晋暨金婚之庆①

未负人间岁月稠，古稀双晋乐无忧。
路经曲折心何悔，眼察宏微志乃酬。
育李培桃推教化，怜才好客广交游。
老当益壮添吟兴，天地风云笔下收。

一九九七年四月于武汉

注：

①：严兆坤先生系我高中学长，后成为全国自学成才之知名人士，成长为优秀中学教

师、知名诗人。他与我既是校友、诗友，更是道义相交之忘年挚友。

读《张学良的幽禁岁月》

忧民忧国几经秋，热泪盈眶每暗流。
易帜封疆施警策，谏兵举义抗倭貅。
鹏飞北国思酬志，虎落平川空发愁。
千古奇冤万代恨，英名当在史篇留。

一九九七年八月于武汉

樱花时节赏雪奇观

烂漫樱花开满树，一场春雪忽飞崖。
年丰岁稔先征兆，心旷神怡更壮怀。
遥忆当年开盛会，喜逢今日去阴霾。
花开雪里寓深意，科教兴邦颂泰阶。①

一九九八年三月于珞珈山

注：

①：一九七八年春，中共中央召开了全国科学大会，人们称道迎来了科教之春天。今年

是大会召开二十周年，樱花在雪中怒放实属罕见而寓深意。泰阶：左思《魏都赋》『故令斯民睹泰阶之平』，晋张载『泰阶平，天下太平之兆』。

看刘少奇、彭德怀一百周年诞辰电视录像片

同为将相建奇功，开国元勋一代雄。
逆耳诤言兴社稷，良医苦药治痾瘝。
混淆敌我仇人快，颠倒是非亲者恫。
历史回眸忘不了，铮铮铁骨仰高风。

一九九八年十月于珞珈山

登皇岗口岸

猎猎红旗升口岸，香江入眼倍加亲。
回归开启新篇什，欢笑欣逢旧主人。
赴港驻军昂首去，还家游子激情真。
百年奇耻今朝雪，日月光辉万代春。

一九九八年十二月于深圳

周岁合照①

老树旁边添嫩芽，梨花带雨惹人夸。
明眸亮黑生甜笑，酒靥依腮露乳牙。
小手轻摇蹁跹舞，皮鞋重踏稚气娃。
去年今日降人世，今岁今朝客满家。

一九九九年四月二十三日于武汉

注：

①周岁合照：与小孙女豆豆李欣儒周岁合影留念。

痛斥以美国为首的北约轰炸我国驻南使馆

高喊人权逞霸权，张牙舞爪又挥拳。
中华使馆遭轰炸，南籍黎民受苦煎。
捍卫尊严提抗议，伸张正义震苍天。
多行不义自将毙，历史车轮永向前。

一九九九年五月于武汉

世纪大阅兵

——庆祝新中国成立五十周年

阅兵振武人心撼，昂首挺胸阔步行。
陆海空军全具备，舰船导弹尽新更。
增强国力安天下，守卫神州保太平。
纪律严明增锐气，江山永固赖长城。

一九九九年十月于武汉

颂改革开放

受命危难肩重任，齐奔四化目标明。
弘扬改革旗先举，紧握中心步履清。
江水涤尘销俗虑，教科兴国育精英。
神州处处呈祥瑞，新纪欣登万里程。

二〇〇一年七月于武汉

冬游花溪见蒋公、周公别墅相邻偶感①

花草争妍景色幽，河清依旧水长流。
溪藏树影连山影，人住斯楼望彼楼。
两垒争雄分胜负，隔沟为敌度春秋。
前嫌摒弃开新局，一统金瓯固九州。

二〇〇一年十二月于贵州花溪

注：

①：在贵阳花溪岸边蒋介石、宋美龄之别墅与周总理、邓颖超同志之旧居相距甚近。

观摩加州大学洛杉矶分校多媒体教学

三维技术入多媒，放眼宏观正可为。
展示规模知大小，阐明原理察宏微。
琳琅满目如图画，形象生辉解惑迷。
科技高新惊世界，此行探得宝珠归。

二〇〇二年二月于访美途中

凭吊世贸中心九一一事件死难者

双楼遭袭震全球，废址清除百日周。
悲剧造成谁负责，心灵刺激各担忧。
横行恐怖违人道，寄托哀思越五洲。
维护和平求共识，铲除魔孽莫回头。

二〇〇二年三月于访美沿途

访哈佛大学

古木参天坪草青，古香古色古楼亭。
水平确在顶尖级，地位当如耀眼星。
培育精英闯天下，评估成就享殊荣。
长途跋涉今来访，敬慕黉宫树典型。

二〇〇二年三月于访美途中

登延安宝塔山

夜幕刚临始上山，心潮腾涌喜登攀。
巍巍宝塔凌云立，款款延河碧水潺。
突破重围迎百战，运筹帷幄闯难关。
高悬灯塔明航向，圣地光芒照宇寰。

二〇〇二年十月于延安

参观杨家岭中央领导旧居

峡谷山沟深掩映，一排窑洞赫然迎。
办公器具陈粗陋，迓客庭园历险惊。
险阻艰难抛度外，神奇策略定鹏程。
若非目睹当年景，难信驱倭倒蒋成。

二〇〇二年十月于延安

呼市全羊宴

室内毡篷形别致，主人盛意笑相迎。
全羊烧烤含仙草，哈达柔绵表挚诚。
激越歌喉飞远塞，馨香美酒溢深情。
欢声笑语言难尽，民族团结国峥嵘。

二〇〇二年十一月于呼和浩特

成吉思汗陵

宽阔陵园莽气势，似毡陵寝旧如新。
扬鞭跃马当时勇，战亚征欧百世神。
历史辉煌成往昔，射雕教训待研询。
精神凝聚堪称颂，守墓传承代有人。

二〇〇二年十一月于呼和浩特

红石峡

一溪碧水流沙漠，清澈神奇映壁岩。
石刻端庄成胜景，岩峦凝重展情怀。
歼他日寇随云散，还我河山①入眼来。
昔日频仍征战地，今朝建设展新颜。

二〇〇二年十一月于榆林

注：

①还我河山：著名抗日将领马占山将军书写

岳飞『还我河山』两幅大字刻于峡壁，其爱国豪情令人振奋。

突见榆溪河[1]偶感

机降榆林北国风，黄沙漫衍草丛丛。
忽闻无定心潮涌，顿觉全身电触通。
梦里春闺牵怨恨，河滨白骨渗冰窿。
时光流逝翻新页，贵客相迎梦醒中。

二〇〇二年十一月于榆林

注：

①榆溪河：榆溪河系无定河之支流，顿时想起『可怜无定河边骨，犹是春闺梦里人』的诗句。

黄河壶口观瀑

惊涛巨浪雾凌空，震耳声音九域同。
倒海翻江生妙景，奔腾咆哮撼苍穹。
母亲乳汁香千载，华夏文明上顶峰。
水汽升空高百丈，阳光照映出奇虹。

二〇〇二年十一月于壶口

游醉翁亭[1]

琅邪古木绕亭生，清澈溪流诗意盈。
汇聚高人饶逸趣，迎来雅士探纷争。
醉翁岂醉含深意，翁是何翁露隐情。
亭记扫除诸陋习，更新观念促文明。

二〇〇三年十月于安徽滁州

注：

①：欧阳修因遭奸臣诬陷被贬滁州，常饮

酒至醉，自云醉翁。然其亭记却扫除了当时华而不实之文坛陋习，开启了一代散文新风。

访华佗故里

神医当数古华佗，刮骨疗伤快似梭。
故里砖楼围古树，药园墙壁挂青萝。
少年浅学针疗少，壮岁深钻医道多。
可叹曹公心狭隘，错除医杰蠢如何？

二〇〇三年十月于安徽亳州

参观大泽乡陈胜、吴广起义旧址

雨雾迷蒙大泽深，驱车探访赖追寻。
风云突变惊天地，旗帜高擎发吼音。
传说迷离经百代，代祯祥瑞意千忧。
尘封历史当重阅，哲理深沉鉴古今。

二〇〇三年十月于安徽蚌埠

喜闻我国神舟五号宇宙飞船发射成功

五号神舟今发射，心潮激荡泪花盈。
长征四化扬鞭进，科学高新动地惊。
登月历来为梦想，飞天瞬即送佳声。
参观硅谷思千绪，发愤图强梦定成！

二〇〇三年十月于访美途中

乘船观赏尼亚加拉瀑布①

谁人搅动雪花银，万斛倾崩泣鬼神。
雨雾迷蒙遮碧宇，晨曦照射映迷津。
江涛涌起千层浪，鸥鸟冲飞万里垠。
盖世奇观今共赏，人间最贵友情珍。

二〇〇三年十月于访美途中

注：

①：著名的尼亚加拉瀑布位于美、加两国之交界处。江汉大学原外籍教师甘当娜博士

（女）从加拿大专程赶来陪我们观赏，其深情厚谊难能可贵。

和平老太婆[1]

八旬老太传奇事，貌不迷人语不惊。
祈祷和平来异国，伸张正义驻都城。
战争暴戾桩桩数，批判言辞句句诚。
阻力重重何所惧，顶天立地大旗擎。

二〇〇三年十月于华盛顿

注：

①：据介绍，这位人称『和平老太婆』

者系希腊人，不顾威胁、迫害，在白宫前宣传反战及批评美国政府已达二十余年矣！

层林尽染

——由华盛顿赴纽约途中

驱车行进美洲东，一路丛林万虑空。
秋日阳光添艳丽，长廊『油画』展宽丰。
风翻彩页难暇接，目染丹青尽美容。
妙景奇观开眼界，成功环保郁葱葱。

二〇〇三年十月于访美途中

出殡

通宵祭祀把山还，哀惋人流路径漫。

驾鹤漆棺移缓步，随仪彩杖展微澜。

呜咽喇叭催人泪，低韵鼓锣震纸冠。

纯朴民风传百代，乡邻路祭祝眠安①。

二〇〇四年三月于长沙东乡

注：

①『乡邻路祭祝眠安』一句：岳母大人仙

逝后出殡，乡邻们虔诚地站在自家门前路旁摆上酒菜鲜果祭祀。

穿行江汉平原

平原千里好风光，和煦清风暖气扬。
油菜开花连沃野，春风逐浪滚长江。
无边稻菽期丰产，致富工农涌市场。
极目骋怀天地阔，令人惊变感沧桑。

二〇〇四年三月五日于荆州

观三峡大坝雄姿

大坝拦江锁巨龙，平湖万顷接遥空。
登临放眼规模壮，转步凝眸气势雄。
飞瀑泄洪银浪涌，航船越峡彩云从。
奇观胜迹惊寰宇，神女巫山展笑容。

二〇〇四年三月于宜昌三斗坪

游三国古赤壁①

千秋名胜喜登顶，沐浴春风健步行。
峭壁凌空天下绝，长江涌浪九州惊。
火烧战舰传佳话，人出奇谋播美名。
凭吊凝思追往昔，风云际会出精英。

二〇〇四年四月二十四日于赤壁

注：

①三国古赤壁：湖北赤壁市赤壁俗称武赤壁，系三国古战场之遗址。

婺源风光

满眼群峦接远山，澈清河水绕田弯。
茶园成垄随村转，翠竹迎风似浪翾。
水稻初栽秧嫩绿，民房新建色斑斓。
人文辉映自然趣，最美乡村在此间。

二〇〇四年五月于江西婺源

游神奇黄龙

莽莽丛林接雪山，黄龙滚滚舞其间。
欣看沃土金光闪，莫测清泉银浪翻。
五彩池边观彩练，珍珠水畔赏珠环。
人间难遇琼瑶景，忘返流连展笑颜。

二〇〇四年七月于四川黄龙

冲刺玉龙雪山①四千六百八十米新高

缆车摇影挂云端，云外登天展壮观。

雪岭横空惊险域，冰川泻谷震深滩。

高峰极目胸怀远，峭壁攀岩气度宽。

我竟步行临绝顶，平生莫作等闲看。

二〇〇四年八月九日于丽江

注：

①玉龙雪山：玉龙雪山海拔五千五百多

米，是北半球距赤道最近而终年不化之雪山，被当地纳西族称为『神山』。

甘海子高山草地

草原莽莽阔无边，闲躺悠悠望碧天。
空气新鲜凉似水，草丛嫩绿艳犹妍。
如诗如画招游客，迎月迎风卷暮烟。
满眼苍茫浑似静，人间沧海变桑田。

二〇〇四年八月于云南丽江

参观国会大厦、大本钟偶感

赫然大厦高高耸，塔立苍穹气势宏。
古老城垣增底气，新型建筑展新荣。
泰晤士水奔流涌，历史洪钟幽雅鸣。
资本文明曾极盛，今何附美唱和声？

二〇〇四年十一月二十八日于访英途中

卢瓦尔河谷古城堡

莽莽崇山绕绿丛，护城河水引清风。
古楼雄伟冲霄汉，尖塔如飞耸太空。
堡垒参差夸巧匠，刻雕仔细赖精工。
庄严典雅惊奇绝，历史留名举世崇。

二〇〇四年十二月于访法沿途

参观卢浮宫

馆藏珍宝堪称最，震撼心灵举世惊。
慨叹艺精呈卓绝，感怀融汇出精英。
琳琅满目难暇接，殿宇生辉耀眼迎。
叹惜时光如水逝，流连忘返步难行。

二〇〇四年十二月二日于巴黎

巴黎圣母院

久慕盛名今目睹，惊奇叫绝撼人心。
凌空耸立华容美，高级浮雕技艺深。
故事流传经百载，教堂布道达如今。
莫言世界无悲剧，塞纳河边泪水淋！

二〇〇四年十二月于巴黎

卢森堡

都名国号相重叠，访问参观印象深。
城堡遍修防外侮，主权屡丧抗强邻。
民风淳朴崇勤俭，礼节斯文爱乐音。
徒步欣游观美景，悠悠思绪漫无垠。

二〇〇四年十二月于卢森堡市

荷兰拦海大坝

拦腰大坝连天际，填海移山气势宏。
阻挡波涛侵陆地，改良灌溉利农耕。
年丰岁稔无公害，业乐居安守德行。
人自和谐欣共处，休言万事听天成。

二〇〇四年十二月五日于阿姆斯特丹

德国柏林墙

分割围墙两阵营，一朝推倒四方惊。

弭消冷战增希望，统一邦家促盛荣。

世事纷繁须察冷，时间飞逝始知情。

今观此景兼忧乐，北约为何猛扩盟？

二〇〇四年十二月于柏林

车过广岛偶感

高楼耸立冲霄汉，街市繁华景色明。

苦难凝成和善愿，安宁憎恶战争行。

和平鸽舞环球乐，橄榄枝飞天下平。

罪恶阴风今乍起，金睛火眼识狐精。

二〇〇六年十二月于日本广岛

祝自安三八节暨生日快乐（二首）

一

物换星移腾浩气，心潮奔涌忆从前。
同窗共赏珞珈月，求学苦攻欲曙天。
禀性热情张笑脸，乐于帮助爱为先。
勤勉敬业抓工作，奉献无私数十年。

二

以沫相濡实有缘，人生幸福润心田。
平常度日心欢乐，育女生儿绕膝前。

山水苍苍同踏遍，斜晖脉脉共悠然。

健康享受天伦乐，牵手祥和奔耋年。

二〇〇七年三月于武汉

游友谊关

峻岭崇山锁险关，古楼耸立笼云烟。
炮台高筑树林蔽，坑道逶迤掩体穿。
根抱墙颓经百代，径荒苔滑历千年。
沉思历史豪情壮，挺立岿然勇戍边。

二〇〇七年七月于广西凭祥

车行新西兰北岛

青葱满眼绿油油，世外桃源眼底收。
草浪翻腾连碧野，繁花满树映层楼。
牧房点点添情趣，别墅间间列景优。
车走山峦奔百里，游人都在画中游。

二〇〇七年十一月于新西兰

游天台山听董老亲民故事有感①

车旋百转上天台，和煦阳光拂面来。
路见农人施爱抚，关心老妇展胸怀。
山峰起伏连天际，思绪飞腾绕巨垓。
水舟覆载寓深理，领导亲民风气开。

二〇〇八年十月于红安

注：
①：董老一次回故乡红安乘车登天台山，路遇老农妇行走困难便邀其上车，然农妇到达

目的地后却睡着未醒，董老等其醒来后再请她下车。农妇和同行人员都为之感动。

读黄石斑鸠以钢丝筑巢报道偶感

鸟巢高耸震寰球，奇妙仿生美景收。
创造辉煌惊绝艺，刷新纪录拔头筹。
人间仿鸟修场馆，雀界依人筑铁篓。
奥运精神弘奥运，普天同庆喜悠悠。

二〇〇八年十二月于武汉

访台湾大学[1]

参天大树古楼耸，学术推崇使命尊。
自主自由为准则，人文工理得均存。
科研教学皆评鉴，外力内功并驶奔。
教育先贤培理念，修身重教立黉门。

二〇〇九年五月于台湾

注：

①：据介绍，台湾大学除接受台湾评鉴

中心评估外，还自行组织多项评估，以『提高教学之品质及研究之水准』。

参观著名作家周立波故居有感

农村居住写农民，满口乡音话语亲。
下地犁田栽水稻，上山砍草拾柴薪。
嘘寒问暖关怀盛，促膝谈心体贴真。
生活原型源实践，活灵活现好传神。

二〇一〇年五月于益阳

贺卫衍翔先生九秩华诞①

强度风云不老松，雄姿屹立峭岩中。
吟旌举起冲霄汉，宏论传流震碧空。
敬业和谐输美德，谦虚向善亮高风。
笑迎耄耋豪情壮，放眼前程夕照红。

二〇一一年六月于武汉

注：

①：卫老经历坎坷而胸怀坦荡，始终以

事业为重，成绩卓著。他创立的『六十而立』论，已为越来越多人所认同。

重访安陆怀李白（二首）

观安陆紫金路小学中华诗词诵演

童真童趣童声起，故里吟哦妙入神。
笑脸张张弘国粹，歌喉婉转感吾人。
神州墨润千山秀，华夏诗香百卉新。

安陆新落成李白纪念馆

太白若能观此景，豪情把盏酒千巡。
高楼耸峙云端入，拜祖寻宗展笑颜。
羽化诗仙乘鹤去，遗香翰墨驻人寰。

毕生诗路扶摇上，巨制鸿篇耸若山。
华夏喜添名胜景，心潮澎湃浪花翾。

二〇一五年五月二十五日于湖北安陆

后记：

湖北安陆系李白第二故乡，中华诗词之乡。

李白祖先出自陇西，是陇西堂之后代。作为晚辈，余与之同宗一脉。

游黄陂夜宿农家乐

下榻农家野趣浓，天光云影映塘中。
土鸡蔬菜儿时味，稀饭锅巴昔日风。
乡里乡亲乡谊笃，诗人诗友诗情通。
女儿红酒醇香溢，助涌诗吟飘夜空。

二〇一八年十一月二十五日于武汉

妄评之词可休矣[1]

扫却阴霾忽见虹，乒坛今又起旋风。

排兵布阵施谋略，选拔直通练苦功。

龙队抱疴发伟力，小莎挥拍斩枭雄。

妄评刘胖懂球否，事到如今不脸红？

二〇一九年四月二十八日于深圳

注：

①：第五十五届世乒赛于二〇一九年四月

二十二至二十八日在匈牙利首都布达佩斯举行，我国乒乓球代表团夺得全部五项冠军。

贺北斗组网成功

北斗漫天组网成，传来喜讯泪花盈。
破除垄断雾霾扫，开启创新旗帜擎。
定位导航争上游，报时通讯享殊荣。
炎黄不畏攀登险，赢得五洲赞誉声。

二〇二〇年六月二十九日于深圳

神农架度夏

满眼群峰接远天，深浅山涧淌清泉。
茶园绿海浪涛叠，农舍白楼云雾旋。
听木敲弦多韵味，观霞着色好斑斓。
寻章摘句添情趣，避暑天堂赋锦篇。

二〇二〇年八月十八日于深圳

寒露怀远

深秋皓月生凉意，乘兴登楼望故乡。
泉石烟霞扬雅韵，洞庭秋色笼家邦。
时新硕果满墙挂，烂漫祥云笑脸张。
喜用『拼多』钱袋鼓，轻盈步履迈康庄。

二〇二〇年十月十八日于武汉

纪念抗美援朝七十周年

近邻战火燃烧急，边境侵凌霸举鞭。
帷幄运筹勇决策，大军浩荡跨江边。
死生度外歼顽敌，热血拼将靖寇烟。
岂料阴风今又刮，擒拿宿敌敢挥拳。

二〇二〇年十月二十五日于武汉

冬咏

送却深秋寒意浓，纷飞彩叶喜迎冬。

繁蕾梅蕊凌寒绽，不老苍松傲雪雄。

翻滚高天驱毒雾，英雄十亿灭瘟虫。

神州大地多祥兆，来岁春娇草木葱。

二〇二一年十一月二十五日于武汉

卷五　小令

望江南·应考与读初中（二首）

一

家乡忆，求学启思聪。种地垦荒求活计，瞒家

戴月考初中。金榜夺先锋。

二

家乡好，求学获机缘。不负家庭殷切望，国家

培养记心间。学习着先鞭！①

一九五四年前后于益阳

注：

①：因家庭缺少劳力，小学一毕业父亲便决定让我辍学务农。后我考初中夺得家乡考场第一名，当地老师干部按国家『劝学运动』的政策多次登门做工作，我才得以继续升学。

临江仙·父亲

朴实勤劳家喻晓，一生强干精明。农耕技术远闻名。持家崇节俭，孝悌尚躬行。

送我读书心费尽，卖猪粜谷支撑，举家做伞到天明。常难分昼夜，四季苦经营。①

一九五四年于益阳

注：

①：我一直靠政府的人民助学金上学，但还不够，父亲便以务农和做纸伞伞骨这种副业

之微薄收入相补助。为此，举家常常彻夜不眠，

这种情况直到我上高中乃至大学方止。

清平乐·秋夜捕鱼遇虎

河滩凉彻，偶见鹅毛月。火把燃烧明或灭，结伴捕鱼心切。

忽瞧猛虎前来，岂容半点徘徊。烧火高擎扁担，吼声赶虎离开！

一九五五年十月于益阳

采桑子·赞刘永济、刘博平先生①

笃研敬业勤传授，术业专精。术业专精，烂熟于心心更明。

爱生如子高人品，德艺双馨。德艺双馨，育李培桃四季青。

一九六二年三月于武汉

注：

①：恩师刘永济、刘博平先生系武汉大学

一级教授，为我国著名古典文学、小学（古文字学、音韵学、训诂学）专家。

清平乐·悼陈毅元帅

一腔热血，满腹忠贞烈。对敌狠凶亲友悦，累建奇勋卓绝。

妖魔残害忠臣，元勋枉变冤魂。举国悲伤欲绝，普天恨雨纷纷！

一九七六年于武汉

卜算子·欢呼粉碎『四人帮』

黑浪涌波涛，逆贼伸魔爪。霸道横行欲夺权，

手段何残暴！

一举靖妖氛，上下鸣鞭炮。镰斧红旗舞碧空，

万里江山笑！

一九七六年于武汉

南乡子·母亲

人品璧无瑕，育女生儿众口夸。日夜辛勤多少事，勤抓，常至更深纺细纱。

送读子离妈，思念悠悠挂泪花。获悉轮船生爆炸，惊嗟，盼我平安直到家！①

一九八一年二月于武汉

注：

①：母亲十七岁就嫁到李家。我上大学时，有一次湘江一艘轮船发生爆炸，她老人家唯恐

我回家过春节坐的就是这艘轮船，数日焦急得坐卧不宁。

卜算子·访问伊朗①

飞越万千程，异域平安到。古老文明远友邻，接待皆欢笑。

常述《古兰经》，结好传精要。两国情谊架彩虹，合作添辉耀。

一九八七年十月于德黑兰

注：

①：中国教育代表团一行应邀访问伊朗。

据伊朗朋友介绍，《古兰经》中有言曰：要学知识，哪怕远去中国。

踏莎行·祝自安、晓梅、晓霞三八节快乐

喜鹊喳喳，红梅报捷，瞬间三八临佳节。深情献上大鲜花，亲人互勉齐欢悦。

物换星移，天崩地裂，人寰变化惊天阙。今朝喜看女儿家，黉宫纵揽鹅毛月。

一九九一年三月八日于武汉

鹧鸪天·道姑采茶

走出深林忽见村，菜花遍地溢芳芬。正疑已入农家路，农舍为何建道屯？

忙照相，引游人，僧僧俗俗实难分。道姑正采新茶叶，始信仙家也惜春。

一九九一年四月于四川青城山

鹊桥仙·阿里山观日出

晨风沐浴，驱云拨雾，兴致浓浓攀取。终因雾
霭未能观，却高兴、登临壮举。
玉山峰近，于公安葬，遥望神州烟雨。临终嘱
语撼人心，盼统一、炎黄遗绪。①

一九九三年七月于台湾

注：

①：站在阿里山上遥望国民党元老于右任
先生铜像所在玉山，近在咫尺。于生前遗嘱要

葬此山且卧南朝北，可遥望大陆，还深情地说：『葬我于高山之上兮，望我大陆。大陆不可见兮，只有痛哭……』怀念故乡、渴望祖国统一之心甚切。

临江仙·题照东湖湖心岛全家福

四面云山如锦绣，湖心碧树葱葱。一群候鸟喜相逢。笑容留脸上，相伴沐春风。
暑往寒来多少事，衔泥哺燕匆匆。几多骨肉挚情浓。谁能知画意，神会在心中。

一九九四年三月于武汉

后记：

此词镌刻于武汉东湖湖心岛诗词碑林。

鹧鸪天·赞李国平院士①

古树梅枝笑傲冬，铮铮铁骨沐霜风。漫天飞雪迎春到，滚滚诗情涌上胸。

名学者，尚真功，培桃育李已葱茏。为人表率燃红烛，博大精深攀顶峰。

一九九五年二月于武汉

注：

①：李国平先生曾亲口对我说，他以八十五岁之高龄坚持科研工作且每周一至周四

下午还去中科院武汉分院指导研究生，自称这是『办公』并已坚持十五年之久，我听后十分感佩。

浣溪沙·武夷山竹排漂流

九曲清溪未系舟，竹排鱼贯泛中流。画廊景色十分幽。

山水多情应识我，浪花乱溅乐无忧。且随鸥鹭共沉浮。

一九九六年十月于福建武夷山

南歌子·外婆①

妇辈强中手，兴家巧匠人。挑纱织纺显精神，朴实勤劳贤惠誉全村。

宽以容人好，严于律己仁。几回邀住历秋春，难报此生关爱与深恩。

一九九八年三月于武汉

注：

①：外婆系岳母大人，我习惯以儿辈口气叫

外婆，外婆几次来汉伴随我们居住多年，真是深恩难报。

浪淘沙·黄果树瀑布

震耳是涛声，十里轰鸣，流泉飞瀑雾云凝。仙境风光惊内外，气象峥嵘。

万斛雪花生，天际相倾，白绢千尺水晶屏。日出长虹飞峡谷，五彩纷呈。

二〇〇一年十二月于贵州黄果树瀑布

南乡子·建设江汉大学

江汉耸高楼，山色湖光一望收。碧水环流漂玉带，悠悠，校貌姣妍震九州。
兴教展鸿猷，阵阵弦歌唱未休。李茂桃红培学子，加油，引领春风创一流。

二〇〇二年四月于武汉

望江南·嘟嘟

嘟嘟忆，亲热意绵绵。未料童音来电话，轻言腼腆靓如泉。能不喜心田？

二〇〇三年二月于鼓浪屿

南乡子·怒看美英联军虐囚丑闻

大地响惊雷，四海翻腾怒浪推。却叫常人何以信？穷追，事实无情丑类为。口号叫千回，『民主』『人权』帽乱飞。霸主凶残真嘴脸，堪悲，寰宇同声骂罪魁！

二〇〇四年四月于武汉

伤春怨·羌寨喜闻羌笛

莽莽苍山峻，住宅兼当兵阵。苦斗有何求？只有千秋遗恨。

暖风传佳讯，各族祥和顺。忽听笛声扬，喜泪涌、豪情振。

二〇〇四年七月十八日
于阿坝藏族羌族自治州

摊破浣溪沙·纪念邓小平同志一百周年诞辰

受命危难为国谋，『中心』紧握振神州。改革推行民致富，乐悠悠。

科教兴邦输智慧，人才培育砥中流。神箭直升迎旭日，绕寰球。

二〇〇四年八月于武汉

巫山一段云·赞雅典奥运会中国女子跳水

腾跃何纯美，悠扬似乐声。一泓碧水响咚叮，曲曲表心灵。

苦练功夫启，潜能化艺精。多情波浪喜相迎，银燕舞娉婷。

二〇〇四年八月于武汉

忆余杭·读《毛岸英烈士亲属团访问朝鲜纪实》感赋[1]

惊读新闻，热泪盈眶曾几度。可怜异域悼亡人，悲痛重千钧。

两相恩爱成永诀，想念至深胆肝裂。驭风千里去辞行，白发叹余生！

二〇〇六年五月于武汉

注：

①：读二〇〇六年五月廿八日报载《纪

实》，感其事其人，几度热泪纵横。特别是刘思齐平实而痛楚之悼辞及墓前告别讲话，不忍卒读！

巫山一段云·塔吉克族县长家宴

县长摆家宴，诚心数一流。烤羊美酒果酥抔，

主家盛情留。

入席先行礼，风仪次第投。手抓饭菜古风遒，

宾主乐悠悠。

二〇〇六年九月于南疆

夜游宫·参观我国第一个核试验基地

跋涉驱车瞭望，掩体上、草原空旷。设备深藏密室放。指挥房，挂戎装，豪气壮。

号令何嘹亮，核冷爆、惊天轰响。喜报中央得嘉奖。立丰碑，弹和星，从此上。

二〇〇七年七月于青海金银滩

鹧鸪天·康定情歌

喜唱情歌涌浪潮，神州大地好妖娆。年轻唱出朝阳乐，耆老吟哦夕照娇。

追往事，叹今朝，歌王①足迹引人瞧。草原广袤连天际，千里迢迢叹路遥。

二〇〇七年七月于青海金银滩

注：

①歌王：指人称『西部歌王』之王洛宾先生。

巫山一段云·赞藏族教授毅然从美返国[1]

留美需回国，家庭歧见生。坚为藏族献忠诚，毅然启航程。

打响科研战，攻关步未停。宏开纪录创殊荣，硕果五洲惊。

二〇〇七年七月于青海大学

注：

①：藏族教授系指青海大学教授、副校长

格日力。研究高原缺氧世界性学术难题取得突破性进展，其成果不仅用于修建青藏铁路从而大量减少人员伤亡，而且还由联合国授权制定出高原缺氧及治疗之国际标准。

夜游宫·汶川抗震救灾

瞬息天崩地裂，大难降、汶川遭劫。房倒人埋共悲咽。撼神州，震寰球，何惨烈！

抗震坚如铁，用血肉、救人传捷。总理军民站前列。筑长城，战灾星，情更切！

二〇〇八年五月于武汉

摊破浣溪沙·参观聂荣臻元帅陈列馆

少小常怀壮志酬，忧民忧国几多秋。推倒三山靖华夏，伟名留。

建国拓开新局面，航天勋业上高楼。长二火箭腾碧宇，傲天游。

二〇〇八年九月于重庆江津

少年游·缅怀聂绀弩先生

凄风苦雨夜漫长，困厄愈顽强。囹圄深陷，不驯桀骜，艰涩化诗行。

诗擎一帜标新体，掷匕首投枪。庄雅寓谐，Q般胜利，捧读赖思量。

二〇〇八年十月于湖北京山

鹧鸪天·缅怀孙轶青[1]会长

噩耗惊闻欲断魂，清明泪洒雨纷纷。悲号主帅
今辞世，痛惜文园失哲人。
思往昔，忆斯君，高擎旗帜壮乾坤。冲天豪气
加劳苦，换得诗坛处处春。

二〇〇九年三月二十三日于武汉

注：

①孙轶青：孙轶青先生系中华诗词学会原会长、著名诗人。

鹧鸪天·纪念沈祖棻先生百年诞辰

骨秀神清上讲坛，启开心智满堂欢。花枝秀丽吟佳句，桃李芬芳蔚大观。

追往昔，仰先贤，音容仁爱系心间。如今告慰多惊喜，硕果盈枝展笑颜。

二〇〇九年四月于武汉

小重山·赞新型农村社会养老保险实施

农保欣闻欲实行。寻思难入寐，夜三更。开天辟地哪朝兴？千百载，喜听唱新声。改革迈新程。关怀农业事，暖民情。内需拉动促繁荣。抬眼望，指日小康成。

二〇〇九年十二月于武汉

临江仙·阿福①颂

满面笑容观合照，如今撒手魂牵。临危不惧撼苍天。孤儿得救，遗爱在人间。

十载义工何壮举，汶川救助驰援。无疆大爱谱新篇。炎黄一脉，心血紧相连。

二〇一〇年四月于武汉

注：

①阿福：阿福为玉树地震中因救孤儿罹难之香港同胞。

临江仙·咏湖南安化黑茶

黝黝黑茶传美誉，明清早已驰名。运输丝路马驮行。驼铃声远，茶道久传承。

发酵茶砖功独特，健康饮品清馨。参加世博大旗擎。声名大振，美誉日峥嵘。

二〇一〇年五月于安化

少年游·游会龙山①

栖霞古寺耸高山，掩映莽林间。登临眺望，城
环水绕，靓丽景鲜妍。
虔诚凭吊英雄墓，祭义士先贤。亮节高风，襟
怀坦荡，浩气壮山川。

二〇一〇年五月八日于益阳

注：

①：会龙山系益阳著名之风景名胜。山

上建有红军将领曾士峨烈士墓和国际正义人士（以色列荣誉公民）何凤山墓。

小重山·游南洞庭湖并登凌云塔感赋

辽阔波涛接碧天。心潮随浪涌，喜连连。航行灌溉利千年。抬望眼，鸥鸟漫飞旋。高塔半空悬。登临豪气壮，梦魂牵。喜看沧海变桑田。千百载，名盛米粮川。

二〇一〇年五月于沅江

浪淘沙·参观上海世博会

万国建琼楼，各具千秋。匠心独运任凝眸。环保低碳成底蕴，引领潮流。

主轴乐悠游，靓景全收。阳棚透亮九天浮。国馆朱红添异彩，闪耀堪讴。

二〇一〇年九月于上海

鹧鸪天·观汉阳一中《中华颂》吟诵表演

拂煦金风细柳斜，婀娜多彩映朝霞。轻歌曼舞齐吟颂，笑意盈盈灿若花。

输热爱，颂中华，清声脆语舞轻纱。文明赞誉波澜阔，涌动豪情满座夸。

二〇一〇年十一月于武汉

夜游宫·赞歼-20隐形战斗机试飞成功

万里长空隐越，试飞胜、神州欢悦。壮我军威又传捷。看关河，固金瓯，坚似铁。

叫闹声声不绝，『威胁论』、何其低劣。冷战思维何时灭？竟千帆，笑沉舟，空悲切！

二〇一一年一月于武汉

临江仙·天宫一号发射成功喜赋

看火箭扶摇直上，『天宫』瞬入繁星。嫦娥额手喜相迎。吴刚拿桂酒，激动表深情。『神八』欣然来握手，筑巢次第推行。逍遥星际迈征程。炎黄圆梦想，四海播英名。

二〇一一年九月于武汉

卜算子·笑看日本以『礁』变『岛』

魔术的破产[①]

大海涌惊涛，忽变礁为岛。沙石填高岂不成，

何必寻烦恼？

主席发声明，反拙何其巧！脸面皆丢丑陋心，

笑煞吾人了。

二〇一二年五月于武汉

注：

①：据报载，联合国大陆架界限委员会发

表主席声明，否认依据冲之鸟礁（日方称为『冲之鸟岛』）主张的『外大陆架』，宣告日本以『礁』变『岛』图谋之失败。

浪淘沙·武汉地铁首次穿越长江感赋

瑞雪满江城，喜气盈盈。风驰铁豹迈征程。瞬息穿江成绝唱，万众欢腾！

忆往叹难行，天堑惊横。民生关注坦途迎。料峭寒梅花绽放，璀璨温馨。

二〇一二年十二月于武汉

浪淘沙·观罗田①义水河滩开发

山耸涧中流，潋滟波推。琼楼辉映赖凝眸。一派繁华新气象，喜上心头。

理念出奇谋，斩获丰收。脱贫致富在征途。策划精心开远景，业绩堪讴。

二〇一四年十一月二十三日于罗田

注：

①罗田：湖北罗田县系革命老区、国家级贫困县。

醉花阴·贺天舟一号发射升空

拨雾升空天一号，超级飞船到。惊动众神仙，

捧酒吴刚，曼舞嫦娥俏。

昊天莽莽何缥缈，热闹繁华好。影只太孤单，

新伴将添，握手欢欣笑。

二〇一七年四月二十日于武汉

临江仙·八秩抒怀

飞逝年华流水，令人浮想联翩。辛劳长辈记心间。感恩党培育，饮水要思源。

民族振兴圆梦，神州美景无边。欢欣过好每一天。无忧多快乐，喜奔百岁年。

二〇一七年五月一日于武汉

后记：

二〇一七年五月一日至三日，我弟弟妹妹及侄儿侄女们，从家乡益阳及深圳等地赶来珞珈山团聚，亲情满满，高兴万分。真乃『难得珞珈相聚会，人间最贵挚情浓』。

画堂春·庆贺国产大型客机C919首飞成功

扶摇直上入蓝天，震寰宇谱新篇。炎黄圆梦舞蹁跹，喜庆空前。

技艺成功突破，奔腾骏马扬鞭。媲欧竞美再攻坚，笑傲前沿。

二〇一七年五月五日于武汉

小重山·中华诗祖尹吉甫圣殿重修落成[1]

圣殿重修喜落成。倚青峰石壁，景幽清。佛雕石像构思精。呈古朴，肃穆显恢宏。

诗祖倡诗兴。采编《风》《雅》《颂》，播诗声。诗风诗国日峥嵘。源流远，诗脉永传承。

二〇一八年十月十九日于武汉

注：

①：尹吉甫系西周大臣，今湖北房县人，

《诗经》之编纂者，是我国古代著名之政治家、军事家、文学家。宝堂寺，是供奉尹吉甫之宗庙，始建于汉代，后因战乱荒芜。二〇一六年房县政府重修，至二〇一八年十月竣工。

少年游·最美格桑花赞①

藏南雪域乃家乡，姐妹护边忙。升旗放牧，翻山巡视，义务守边疆。

格桑花美惊华夏，万里播芬芳。玉麦吾家，国为中国，祈福国家昌。

二〇一八年十一月二日于武汉

注：

①：卓嘎、央宗姐妹系西藏自治区山南市隆子县玉麦乡牧民，用半个世纪的坚守自

觉守卫祖国边疆，人称扎根雪域边陲之『最美格桑花』。

卜算子·赞嫦娥四号登陆月背①

月背现嫦娥，飘逸凌空到。四妹轻询大姐安，月里嫦娥笑。

玉影露真形，遥送姣容貌。巧手培芽技不凡，奇迹何辉耀。

二〇一九年一月四日于武汉

注：

①：我国嫦娥四号探测器于二〇一九年一月三日首登月背且育棉籽发芽而创奇迹。

破阵子·庆祝人民海军成立七十周年

青岛大阅兵

激荡春潮腾涌，港深水阔纵横。列队舰船飞驶进，英武官兵出海征，壮哉大阅兵。

治舰强军卫国，海疆万里峥嵘。向海图强求发展，陆海相生得共赢，繁荣促复兴。

二〇一九年四月二十三日于深圳

临江仙·怀念查全性院士[1]

山色湖光滋学府，精英辈出名山。科研精进上峰巅。潜心培后进，弟子岂三千。

改革春风吹大地，科教兴国当先。建言高考再挥鞭。雷霆声震耳，才俊涌如泉。

二〇一九年六月于深圳

注：

①：查全性院士于一九五〇年毕业于武汉大学化学专业并留校任教，系我国著名之化学

家、教育家、现代电化学重要奠基人之一。在一九七七年邓小平同志召开的科教座谈会上，率先谏言并被采纳恢复高考。

南乡子·国医大师韦贵康[1]

花簇满蓉城，榕树椰林翠意盈。恭请大师诊疾
患，堪惊，绝技疗伤指日成。
国粹展殊荣，『手法』施行济众生。妙手回春
标业绩，峥嵘，誉播寰球灿若星。

二〇二〇年一月十八日于广西南宁

注：

①：韦贵康教授系广西中医学院原院长、

国医大师。本人去广西参观时腰椎滑脱，经韦贵康教授治疗后，奇迹般不久便痊愈。

十六字令·三山赞

火神山

山！神火熊熊落九天。驱妖怪，鏖战犹正酣！

雷神山

山！电母雷公急下凡。焚魔鬼，战鼓紧擂欢！

钟南山

山！慧眼高科识妖仙。三联手，除孽筑雄关！

二〇二〇年二月五日于深圳

后记：

此词获武汉市抗疫诗词书画竞赛二等奖，系古体诗词唯一获奖作品。

忆秦娥·赞拳坛女杰——李杰[1]

金哨烈，挥拳上阵坚如铁。坚如铁，昂扬斗志，

女中豪杰。

故玩口罩行羞辱，炎黄气节何容灭。何容灭，

激情奔涌，冠军收捷！

二〇二〇年三月十一日于深圳

注：

①：李杰，荣获二〇二〇年亚太区女子拳

击冠军。开赛前对手故意戴口罩羞辱我选手。

夺冠后李杰高呼：武汉加油！中国必胜！

临江仙·人民子弟兵颂

闻令整装齐出发，驰援武汉旋风。投身救治院舱中。安危抛度外，抗疫打先锋。
钢铁长城担使命，为民争立新功。救灾处处展军容。感人弹老泪，致敬众英雄！

二〇二〇年三月十二日于深圳

小重山·白衣天使凯旋

明媚春光百鸟鸣，光荣完使命、启归程。扶伤
救死结深情。悲壮别，感激泪花盈。
患难见忠诚。疫情如命令、即前行。临危负重
立头功。齐声赞，史册载英名！

二〇二〇年三月十八日于深圳

江城子·武汉号一箭双星发射成功

感赋[1]

一箭双星骤飞升。笛声声，落梅馨。号称武汉，城箭共威名。抗疫复工推稳保，抓紧干，步休停。

二〇二〇年五月十五日于深圳

注：

①：二〇二〇年五月十二日，中国航天人于酒泉将武汉号一箭双星发射成功。

临江仙·登顶珠峰①

瑞气空灵何剔透，冰清雪魄凝魂。傲然屹立抖精神。伴星辰日月，佑大地黎民。

景仰女神心壮硕，登临绝顶欢欣。此行全为母量身。拾来云翼料，裁制羽衣裙。

二〇二〇年五月二十七日于深圳

注：

①：藏语『珠穆』为『女神』，『朗玛』为『母象』，合起来其意为大地之母。

二〇二〇年五月二十七日，我登山队再次成功登顶并做高程测量。

临江仙·怀念袁隆平院士

草帽泥衫挥汗雨，毕生奉献农耕。呕心沥血杂交成。稻丰翻数倍，喜讯五洲惊。

但愿黎民无饿殍，梦思禾树峥嵘。利名度外献精诚。神农今再现，四海祭英灵。

二〇二一年五月二十六日于武汉

卷六　中调

风入松·怀念周总理

北风呼啸一年前，举国泪如泉。披肝沥胆征南北，筹帷幄、胜算无边。盖世功勋卓著，雄才伟略经天。

万机日理着先鞭，沥血呕心田。胸怀八亿连广宇，忠魂烈、史载如磐。四贼伏诛祭奠，人民歌舞蹁跹。

一九七七年一月于武汉

破阵子·落后与振兴

古国农耕落后，殖民统治惊魂。流浪乞求随处见，简陋贫民窟遍村，令人冷气吞。

科教狠抓不放，增酬猛力提薪。缩食节衣齐奋力，学校兴修育后人，国家重创新！

一九八七年十二月于新德里

后记：

中国教育代表团一行应邀访印。据介绍，

为兴科教，印总理拉吉夫·甘地为科教人员
一次提薪百分之三十六。

江城子·『爱国鱼』中华鲟自述①

回游江海事皆惊，溯江行，志坚贞。兼程日夜，勇敢似飞腾。万里金沙江产卵，省吃喝，不留停。

中华大地表欢迎，赞扬声，好温馨。情系黎民，岁岁表心诚。古国文明何灿烂，人唤我，曰华鲟。

一九九二年十一月于武汉

注：

①：在金沙江孵化出来之中华鲟会去大海生活，但成鱼每年从大海溯江而上，不吃不喝返回到金沙江产卵，人称『爱国鱼』。

江城子·联欢晚会

——五七级老同学聚会

联欢晚会约良辰，奏琴频，数家珍。回首光阴，何乃太匆巡。四十年来无怨悔，争奉献，勿求闻。

天南地北远相询，历艰辛，志凌云。往事萦怀，几度忆芳晨。今日珞珈花弄影，重聚首，更相亲。

一九九七年十月于珞珈山

风入松·瞻仰遵义会议旧址

深情景仰旧如新，静听细追询。『左』倾损失痛心魄，叹精英、血染江滨。期盼能人领导，祈求振奋精神。

终成转折越迷津，遵义定乾坤。全新战略频施展，突乌江、赤水飞奔。天下安危转折，千秋永颂红军。

二〇〇二年五月于遵义

一剪梅·欣游九寨沟

满眼青葱翠绿迎，天挂祥云，万物峥嵘。琼浆
玉液溢芳芬，银瀑飞奔，彩练晶莹。
人自和谐万物荣，游客倾心，静谧无声。高山
流水引知音，美景迷人，无限温馨。

二〇〇四年七月于四川九寨沟

青玉案·纪念人民音乐家冼星海一百周年诞辰

别离慈母疏通信，习音乐、何勤奋。异国他乡求学问。拜师从教，艰辛历尽，技艺终精进。

东归渡海传佳讯，抗日烽烟激忧愤。世纪强音民族恨。黄河咆哮，惊涛骇浪，不朽威名震。

二〇〇五年七月于武汉

行香子·叹木兰湖鸟岛无鸟

山树葱青，白鹭翔萦。日偏西、凉爽风清。群鸿嬉戏，靓景峥嵘。看绕林旋，近林降，择林停。浓荫绿岛，苍翠如屏。霎时间、鸦雀无声。游人惊诧，顿足生憎。听哀声兴，怨声起，责声盈。

二〇〇五年七月于湖北黄陂

千秋岁引·松山凭吊

怒水江边，云烟缭绕，抗日英雄我凭吊。歼顽敌殊死战斗，倭尸遍野狼嚎叫。远疆风，月儿皎，旧时貌。

侵略铁蹄何虐暴，豪气拨云刀出鞘，国共合作大旗耀。黄河激流涌巨浪，金戈铁马除强盗。却如今，鬼魂舞，须知晓。

二〇〇五年八月于云南保山

酷相思·读现代版《桃花源记》①

野外丛林频出没，寒露坠、霜晨月。诧来客皆多年隔绝。今日事、无闻说。主席好、还思念。爱恋忠贞坚似铁，万般苦、堪愉悦。愿凄切终生同冷热。吃野菜、心胸惬，身后事、何须说！

二〇〇六年一月十七日于武汉

注：

①：据报载，『逃进深山半世纪不知魏

晋，张口就问「毛主席老人家可好」，重庆上演现代版《桃花源记》』。

风入松·登红其拉甫口岸①

高原雪域接苍天，关隘险无边。界碑高耸庄严立，红旗展、西部边关。凛冽寒风岗哨，士兵勇武无前。

登临兴奋喜连连，看积雪绵延。巴基斯坦作邻居，通公路、友好相联。万里长空横架，彩虹飞舞蹁跹。

二〇〇六年九月于南疆

注：

①红其拉甫口岸：红其拉甫口岸系位于新疆之中国与巴基斯坦交界处边境口岸，海拔五千多米。

行香子·喜迎奥运圣火

圣火巡洲，传递寰球。彩旗展、齐放歌喉。和平友谊，进步追求。正热情溢，豪情涌，激情流。荣归华夏，感动神州。盼圆梦、欢泪凝眸。桃红李白，春意悠悠。喜莺儿啼，燕儿舞，蝶儿游。

二〇〇八年五月于武汉

风入松·赞北京残奥会

——生命礼赞与震撼

礼花绽放景鲜妍，和美着先鞭。健儿入场开怀笑，惊观众，震撼心田。歌舞悠扬奇妙，共同享有蓝天。

赛场竞技扣心弦，轮椅疾驱前。假肢残腿何能阻，求超越、共享攻坚。奇迹频频营造，讴歌生命无边。

二〇〇八年八月十二日于武汉

金人捧露盘·贺神舟七号载人航天飞行任务圆满成功

箭飞升，神七启，人苍穹。喜讯至，热泪淙淙。光阴六载，看英雄矫健走云空。问嫦娥好，不几年，月桂相逢。

金秋爽，丰收榜。圆奥梦，又登峰。赖国运、再展雄风。登攀远拓，盼三船成站伴长虹。五星旗跃，我来啦、广袤天宫。

二〇〇八年九月于武汉

浪淘沙·贺《杨叔子槛外诗文选》面世

宏著沐秋阳，桂子飘香。金声玉振拨芬芳。诗教人文旗举起，闪烁光芒。

国运正荣昌，诗界辉煌。百花绽放气轩昂。老凤新雏输雅韵，颂我炎黄。

二〇〇九年九月于武汉

定风波·韩德培先生铜像落成感赋①

熠熠生辉意气宏，德高望重慰平生。开拓奠基多创举，称许，大师泰斗播芳名。屈折蒙冤终未悔，堪伟，心胸浩荡目光明。犹忆当年询意见，心愿，终迎事业喜峥嵘。

二〇一〇年一月于武汉

注：

①：韩德培先生系武汉大学教授，是我国著名法学大家、国际私法学之奠基人、环境法

学之创始人。过去虽曾蒙受不白之冤，但始终高风亮节，以事业为重。武大法律系后来得到了迅速恢复和发展。

风入松·喜闻我国连续七年粮食大丰收

惊人喜讯播神州，粮食大丰收。城乡万里欢歌颂，人心稳、成就堪讴。战胜频仍灾害，迎来硕果金秋。

惠农政策上层楼，农户暖心头。免除税赋还津贴，高科技、今下田畴。绿水青山新景，民康物阜凝眸。

二〇一〇年十月于武汉

风入松·纪念毛主席《在延安文艺座谈会上的讲话》发表七十周年

春风杨柳拂河沿，研讨笑谈间。辨明方向旗高举，立宏论、一往无前。戏剧诗文歌舞，丰收硕果连连。

时空转瞬到今天，华夏换新颜。弘扬《讲话》俱时进，谱新篇、改制攻坚。建设文化强国，共挥策马长鞭。

二〇一二年四月于武汉

风入松·贺武汉大学一百二十周年校庆

巍峨雄峙耸珞珈，湖浪涌朝霞。名师汇聚成鸿业，育英才、建设中华。攻克尖端攀顶，巡天揽月堪夸。

欢腾鼎沸乐开花，盛誉播天涯。复兴重任挑肩上，展宏图、再绽奇葩。浩气奔腾前进，风驰电掣飞车。

二〇一三年十月于武汉

破阵子·罗田绿润食品有限公司

昨乃原来旧厂，今为新企楼房。焕发英姿兴产业，落后排除事业昌。瞬间闪亮光。

板栗芳香扑鼻，频迎顾客亲尝。味美香甜多可口，内外经销分外忙。鸡窝出凤凰。

二〇一四年十一月二十三日于罗田

行香子·贺屠呦呦获中国首位诺贝尔医学奖

喜讯飞扬，喜气洋洋。今圆梦、诺奖收囊。神州大地，辉耀秋光。有桂花香，茶花美，菊花黄。中医国宝，神绝岐黄。登攀勇、救死扶伤。悬壶济世，功德无量。正世人颂，国人赞，病人康。

二〇一五年十月六日于武汉

风入松·庆祝武汉诗词楹联学会成立三十周年

龟蛇难锁大江流，骚客聚从头。江城诗帜高高举，同挥笔、果硕丰收。满载诗词歌赋，乘风破浪飞舟。

高飞黄鹤任遨游，吟事喜悠悠。中枢号令传佳讯，从头越、更上层楼。赓续传承文化，扬鞭再骋骅骝。

二〇一七年七月二十日于神农架

后记：

此词获学会成立三十周年全国征文竞赛一等奖。

破阵子·观国庆七十周年阅兵

猎猎红旗招展，英姿飒爽前行。气壮山河扬剑气，捍卫和平伟力宏，神州秋点兵。

铁甲奔腾凝重，巨型火炮轰鸣。天宇雄鹰翔铁翼，神箭隆隆勇出征，军威动地惊。

二〇一九年十月一日于武汉

一剪梅·第二届『一带一路』国际合作高峰论坛在北京雁栖湖举行

山色湖光好个春，满座宾朋，纵论高峰。连通带路美如虹，合作双赢，发展兴隆。
大雁成群趁好风。相异文明，来往交融。共同命运紧相连，国际交流，贵在心通。

二〇一九年四月二十七日于深圳

后记：

参加此次论坛者有一百五十多个国家和九十多个国际组织，共五千多名代表。

喝火令·痛惜巴黎圣母院惨遭火灾

烈焰烽烟起，熊熊照碧天。塔尖倾折在瞬间。

仰望万般焦虑，扼腕魂牵。

举世驰名久，遗存载史篇。教宗传教近千年。

耸立琼楼，峻美史无前。塞纳河流如泪，悲怆

泣哀怜。

二〇一九年四月十七日于深圳

行香子·致敬黄朝林

迷雾翻腾，疫袭苍生。抓防控、闻讯先行。病人收治，病毒查明。抗疫情急，病情紧，舆情惊。

操劳日夜，竭虑神凝。六身份①、尽显其能。惜染病毒，更涌豪情。正国歌壮，高歌亮，凯歌宏。

二〇二〇年二月二十一日于深圳

注：

①六身份：黄朝林系武汉市金银潭医院

副院长（今为院长），以医生、院领导、研究者、研究课题负责人、重症病人、药物受试者等六重身份抗击新冠疫情。

天仙子·三岁女孩家的灾难①

地冻苦寒飞大雪，呼啸北风何凛冽。全家遭疫

大灾星，同爸别，和妈诀，合影手持离世绝。

医护七人齐送别，跪地嚎啕悲惨烈。但祈孩子

上天堂，阿爸接，妈欢悦，团聚一家心永结！

二〇二〇年三月五日于深圳

注：

①三岁女孩家的灾难：武汉一位三岁女孩

全家染疫，她送走爸妈后没几天，小手紧攥着

全家福离开人世。

风入松·喜武汉开城

新冠肆虐袭苍生，断腕骤封城。繁华商贸今停埠，行人稀、闹市凄清。千万居民蜗宅，艰辛遏阻瘟情。

春光烂漫百花馨，三镇启征程。龟蛇黄鹤当空舞，大江歌、气笛长鸣。但记瘟神仍在，尚须驱散幽灵。

二〇二〇年四月八日于深圳

风入松·炎黄爱月

中秋佳节永传流，赏月古风稠。月光如水倾情泄，纵千里、共仰凝眸。万缕银光辉映，温柔爱意相缪。

神州科技可堪讴，探月上高楼。天宫神七飞驰疾，惊天阙、震环球。起舞嫦娥舒袖，吴刚捧酒欣酬。

二〇二〇年九月二十六日于武汉

风入松·大雪忆少年故园大雪

鹅毛翻卷漫无边，银白笼家园。稻场玩伴无穷乐，即开战、雪掷连连。堆雪人儿拼比，欢天喜地凭添。

朝暾喷薄忽晴天，踏雪跃山巅。农家孩子难闲住，拾柴薪，挑担飞旋。赤脚来回何惧①，满头热气如烟。

二〇二一年一月十二日于深圳

注：

①赤脚来回何惧：解放前，家乡农家孩子即使冬天亦多赤脚上山下地劳动。

喝火令·为武大有李汉俊、李达、董必武、陈潭秋等校友参加党的创建而感赋①

激荡风云变，黉宫建树宏。马恩思想早传承。

十月炮声呼啸，狮醒五洲惊。

建党开新宇，红旗拔地擎。众贤相聚震天庭。

革命烽烟，革命踏征程。革命地天翻覆，民富

国家兴。

二〇二一年四月十八日于武汉

注：

①：前身为武昌高等师范学校的武汉大学，校友李汉俊、李达、董必武、陈潭秋等参与上海、武汉共产主义小组的建立。中共一大十三位代表中，有五位系武大校友。

卷七　慢词

满江红·读岳飞《登黄鹤楼有感》

健步登楼，抬眼望、鹤萦天际。忆往昔、战分三国，岳飞凭祭。北伐旌旗高举起，武昌起义声犀利。颂解放、勇武过长江，英雄地。

瞧今日，寻胜迹。龟蛇锁，船鸣笛。赞名楼亘古，矶头重立。开放旅程宽更远，江城父老齐争气。盼腾飞、正奋发图强，攀登急。

一九九一年六月于武汉

满江红·赞康世英大夫①

小小银针，治愈了、几多顽疾。真可赞、古之医术，国宝功绩。医院中医多妙手，高超医术回天力。为弘扬、我国粹精华，攀登急。

医师好，驱病疫。高技艺，腾飞翼。秉银针救治，辟开新域。妙手回春传喜讯，等闲微笑除痫敌。更可贵、带病治他人，新风立。

一九九二年一月于武汉

注：

①康世英大夫：康世英大夫系湖北中医药大学附属医院教授。

水调歌头·游大明湖、趵突泉

才赏大明水，又入著名泉。忽闻泉水停突，游兴落无边。漱玉泉边美景，清照家居重建，绿柳舞蹁跹。佳节留佳句，后代赞词仙。

泉常涌，乾坤转，历千年。清词丽句，称道同日月经天。尚有疑难未解，北国辞章豪放，何婉约缠绵？千古无人问，吾辈但求诠。

一九九二年十月于济南

水调歌头·颂解放战争

才胜东洋鬼，又战蒋家军。平津辽沈鏖战，大捷逐浮云。刘邓又开妙局，大别红旗举起，利剑靖妖氛。剩勇追穷寇，众口赞经纶。

人心振，风云急，转乾坤。揭开新史，华夏权力属人民。乡下分田分地，城市振兴工业，建设日翻新。更有星和弹，威力五洲尊。

二〇〇一年七月于武汉

桂枝香·赞蒙古族歌手腾格尔

如痴若泣，赞北地穹庐，草野无极。遍地牛羊放牧，古风沿袭。颂蒙古族史程久，振雄风、繁衍生息。几多欢乐，几多忧患，卓然而立。

性豪放、柔和细密，内蕴见深情，倩亮如笛。孕育文明歌手，俊才横溢。草原引吭歌喉美，促人文、旷野相萦。富于思索，富于创造，奏和谐律。

二〇〇三年二月于武汉

水调歌头·重游崂山太清宫

浩瀚浪涛起，天地播瑶琴。嶙峋怪石高耸，道观掩浮云。人入清宫揽胜，殿宇神奇古朴，思绪引纷纷。教义盛传久，香火正氤氲。

千秋杏，唐朝榆，万年椿。《聊斋》传异，妖鬼狐精出奇闻。今见蒲公旧宅，门闭窗关藏秘，袅袅素烟熏。一部神奇志，艺苑永传薪。

二〇〇四年六月于青岛

雪梅香·赞北京奥运会

盼圆梦，神州处处彩旗扬。喜鸟巢高筑，祥云朵朵翱翔。开幕欢歌震寰宇，履行承诺展辉煌。普天下，庆祝成功，祈福无疆。

高昂，激情涌，虎跃龙腾，拼搏沙场。病帽全抛，健儿技压群芳。勇夺金牌闪光亮，国歌高奏暖心房。瞧今日，国运荣昌，惊喜如狂。

二〇〇八年八月于武汉

满庭芳·赞明德英『红嫂乳汁救伤员』

战火纷飞，铁蹄蹂躏，抗日烽火升腾。老区红嫂，惊世壮威名。生死千钧一发，用乳汁、救活伤兵。遭风险，精心呵护，舍己令人钦。

堪荣！家境苦、幼年丧父，聋哑相行。喜迎八路军，鱼水深情。誓死紧跟党走，无反顾、期盼天明。沂蒙颂，从兹唱响，越唱越温馨。

二〇〇九年九月于武汉

满江红·赞中山舰

战舰腾空，威名震，军民赞绝。挥赤帜，扫除邪恶，战旗猎猎。万里江山呈巨变，辉煌日月翻新页。改革兴，万马正飞奔，歌声悦。

看佳绩，频报捷。平叛举，威风烈。凛然伸正义，恶魔驱灭。抗战经年腾浩气，军民豪迈除妖孽。战倭寇，气势壮山河，坚如铁。

二〇一一年九月于武汉

水调歌头·纪念毛泽东同志诞辰一百二十周年

长夜几时尽，黎庶盼天明。韶山红日升起，辉映战旗擎。星火燎原迅猛，横扫妖魔鬼怪，胜利五洲惊。解放炮声响，百姓庆翻身。

抓建设，谋发展，启征程。历经曲折，迎新除旧促繁荣。继往开来迈进，改革鲜花绽放，指日小康成。追逐炎黄梦，迎接九州兴。

二〇一三年十二月于武汉

水调歌头·参观武汉中央商务区有感

拔地耸楼宇，高插入云天。全新设计规划，理念更超前。商贸金融保险，名企商家巨贾，破浪启航船。告别旧时代，巨变扣心弦。

国际化，现代化，创优先。环保生态，潮流腾涌喜空前。管网潜藏地下，地铁多条交汇，满眼看新鲜。敢为人先好，百姓尽开颜。

二〇一七年七月于武汉

雪梅香·乘车跨越港珠澳大桥

彩霞灿，豪情激荡涌心田。看伶仃洋面，宽广碧浪连天。银色桥飞跨洋架，彩虹腾舞耀天边。眼前景，壮丽蹁跹，奇迹人间。欣观，乘车往，似凤翱翔，宛若飘仙。勇促图强，大湾建设争先。昂首龙飞跃天际，下潜深海更逶迤。何其壮，威震环球，书写宏篇。

二〇一九年五月四日于深圳

满江红·庆祝党的百年华诞

长夜难明，无宁日、水深火热。狮骤醒、吼声惊世，斩魔奏捷。十月炮声传马列，红船建党烽烟烈。浴血战、解放我神州，黎民悦。

推改革，抓建设。驱病疫，堪称绝。重民生福祉，小康腾越。科教振兴强国力，上天入海颠峰屹。绘蓝图、民族复兴迎，开新页！

二〇二一年三月二十二日于深圳

后记：

此词获武汉大学老干处喜迎党的百年华诞征文一等奖，参加武大文理学部社区庆祝建党百年诗词朗诵会之朗诵获好评，二〇二一年六月十六日人民网专做报导。

后记

本书是从我已出《春晓斋诗词集》《闻啼鸟吟稿》等诗集中遴选作品编纂而成。共选诗词三百首，其中诗一百九十四首，词一百零六阙。大体按诗之五绝、七绝、五律、七律，词之小令、中调、慢词编为七卷，各卷均以诗词写作时间先后排序。

我对中国传统诗词的热爱，始于青少年时代。我的家系地处洞庭湖南岸、素有文化之乡美称的湖南益阳。虽为僻静乡村，祖上世代务农，但在这诗之国度，诗之故乡，我自幼便从当地老师乃至有点文化的农民的背诵中，听到脍炙人口之诗词名篇佳句，不知不觉受到了诗词文化的熏陶。考入武汉大学中文系学习，有幸受到了著名古典文学、古文字音韵专家刘永济、刘博平、沈祖棻、胡国瑞等恩师的谆谆教诲。从中学开始我便写点习作，后来有机会四处参观访问、考察采风，游历祖国名山大川、名胜古迹，目睹四化建设蒸蒸日上，一种发自内心的情感驱使自己不能不提起笔来写诗填词。由于工作忙，这些诗词大都写于匆匆旅途，但均系亲身所见所闻所感而发。后来在编纂成集时，又努力做了一些推敲和修改。

由于党中央的高度重视，伴随着改革开放大潮，我国传统诗词在经历曲折之后，迎来了由复苏走向复兴繁荣之大好形势。我同广大诗词爱好者一样，积极投入这一转折过程进行创作并尽绵薄之力做复兴繁荣诗词之工作。

作为文化瑰宝之中华诗词，需要传承并在

传承中得到创新和发展。怎样重视诗教工作以加强传承？怎样让诗词走进大学校园并彰显其当代价值？我和湖北省、武汉市诗词学会及江汉大学之同仁一道，在这方面进行了一些探索并取得明显成效。湖北省教育厅向全省高校推广江汉大学重视诗教、以文化育人之做法和经验，中华诗词学会授予江汉大学『中华诗教先进单位』称号。学生中不断涌现年轻诗人，学生之诗词集多部出版。我为学子们乳燕纷飞进入中华诗词行列由衷高兴。

本诗词集定名《春牛吟咏集》，意在赞扬牛之奉献精神和吃苦耐劳、刚健沉稳、忠贞诚善等优良品性。牛在我国漫长农业社会之重要作用不可磨灭。童年少年时期放牛是我的一项任务。因此我对牛，特别是耕牛（也称耕春牛、春牛）之习性、脾气是很了解的，并对牛有着一种特殊感情。由牛便进而关注到农村、农民乃至劳苦大众。后来我虽然进了城并长期在高等学府工作，但我的书斋里一直挂有一幅《唐韩滉五牛图》摹本之朱红色木框雕塑匾额，其中五牛是用青铜精细制作，精美而闪闪发光，让人十分喜爱。

本书的出版，要感谢敬斋当代古典体诗词丛刊之主持者，其弘扬古典体中华诗词文化之执着和恪守诚信之精神令人钦佩。同时也要感谢武汉诗词楹联学会，武汉大学、江汉大学诸多同仁及我家人的关心和帮助，还要感谢岳麓书社的大力支持和编辑蒋浩老师等所付出的辛劳。该书仍用著名古典文学专家蔡厚示、刘庆云伉俪及知名诗词专家姜迪璜先生为本人诗集所作之序，特再次深致谢忱。由于本人水平有限，书中错讹难免，敬请方家同仁赐教。

李进才谨识

壬寅虎年秋月于春晓斋

图书在版编目（CIP）数据

春牛吟咏集 / 李进才著 . —长沙：岳麓书社，2024.6
ISBN 978-7-5538-2027-9

Ⅰ．①春… Ⅱ．①李… Ⅲ．①诗词—作品集—中国—当代 Ⅳ．①I227

中国国家版本馆 CIP 数据核字（2024）第 041467 号

CHUNNIU YINYONG JI
春牛吟咏集
李进才　著
责任编辑：刘书乔　孙　林
责任校对：舒　舍
封面设计：风格八号

岳麓书社出版发行
地址：湖南省长沙市爱民路 47 号
邮编：410006

版次：2024 年 6 月第 1 版
印次：2024 年 6 月第 1 次印刷
开本：640mm × 960mm　1/16
印张：26. 25
字数：81 千字
书号：ISBN 978-7-5538-2027-9
定价：88. 00 元

承印：湖南省众鑫印务有限公司

如有印装质量问题，请与本社印务部联系
电话：0731-88884129